中国传统文化经典选读

楚辞选

陆侃如 龚克昌 选译

人民文学出版社

图书在版编目(CIP)数据

楚辞选/陆侃如,龚克昌选译. —北京:人民文学出版社,2015(2021.1重印)
(中国传统文化经典选读)
ISBN 978-7-02-011137-4

Ⅰ.①楚… Ⅱ.①陆… ③龚… Ⅲ.①古典诗歌—诗集—中国—战国时代 Ⅳ.①I222.3

中国版本图书馆 CIP 数据核字(2015)第 216506 号

责任编辑　李　俊
装帧设计　刘　静
责任印制　王重艺

出版发行　人民文学出版社
社　　址　北京市朝内大街 166 号
邮政编码　100705
网　　址　http://www.rw-cn.com

印　　刷　三河市鑫金马印装有限公司
经　　销　全国新华书店等

字　　数　83 千字
开　　本　680 毫米×1000 毫米　1/16
印　　张　12.75　插页 3
印　　数　14001—17000
版　　次　2014 年 3 月北京第 1 版
印　　次　2021 年 1 月第 5 次印刷

书　　号　978-7-02-011137-4
定　　价　27.00 元

如有印装质量问题,请与本社图书销售中心调换。电话:010-65233595

目 录

前言 ……………………………………………… 1

屈原：九歌 ……………………………………… 1
  东皇太一 …………………………………… 2
  云中君 ……………………………………… 5
  湘君 ………………………………………… 7
  湘夫人 ……………………………………… 14
  大司命 ……………………………………… 20
  少司命 ……………………………………… 25
  东君 ………………………………………… 29
  河伯 ………………………………………… 33
  山鬼 ………………………………………… 36
  国殇 ………………………………………… 41
  礼魂 ………………………………………… 44
  天问 ………………………………………… 46

离骚 ·· 87
九章 ·· 137
　涉江 ·· 137
　哀郢 ·· 146
　怀沙 ·· 155
　橘颂 ·· 164
招魂 ·· 169

宋玉：九辩 ······································ 184

前　言

《楚辞》是战国时期楚国伟大诗人屈原和他的后学者的作品集，最初由汉代学者刘向收集编辑，王逸等人加以注释。这是我国历史上第一部个人专著诗集。

屈原生长在中国封建社会初期的楚国。楚国本来是周代的一个诸侯国，地点在现在的湖北省西部。到东周的时候，楚国的版图逐渐扩大，差不多包括整个的长江流域。由于南方劳动人民的努力，这个地区的生产日益发展，文化日益繁荣，到战国时期，楚国终于成为一个可以和西方的秦国、东方的齐国鼎足而立的强大王国。

就文学方面说，《诗经》里的《周南》、《召南》两部分中，可能有一些是长江流域的民歌。其他古书中，也零星记载了几首南方的诗歌，如《说苑·善说篇》载的《越人歌》、《论语·微子》载的《接舆歌》、《左传·哀公十三年》载的《庚癸歌》，等等。但更重要的，当推《九歌》十一篇。

《九歌》原来是屈原以前的楚国民间祭歌。当时由于时代的限制，人们还相信祭神可以求得神对生产和生活的佑护。人们甚至认为神和人有同样的气质，因此在很多诗歌里,也把神写得具有悲欢离合的情感。其中《国殇》比较突出,里边表达了悲壮的爱国激情。一般说来,这几篇的感情比较充沛,语言比较清新,成为楚国诗坛上较早的佳作。而它的光辉成就是和屈原的修改加工分不开的。

屈原名平,大约生于公元前三四〇——前二七八年间。他是楚王的后裔,二十多岁就做了楚怀王的左徒,这是一种仅次于楚相的高级官职。他在政治上一方面主张励行法治,任用贤人,因而得罪了当时腐朽的贵族;一方面主张联合齐国来对抗咄咄逼人的秦国,因而引起秦王的痛恨。秦王派张仪到楚国,和楚国的败类勾结起来,竭力排挤屈原。结果屈原果然被放逐出去了,而楚国也一天一天削弱了。屈原最后自沉在汨罗江里,年月不易断定。公元前二七八年秦兵打破楚国都城郢都,他的自杀可能与此有关。

屈原究竟有多少作品,现在不易断定;除《九歌》外,主要还有《离骚》、《九章》(九篇)、《天问》等篇。爱国主义精神是屈原写作的动力。从他的作品中,可以看出他的政治抱负是要使楚国日益强盛。他努力向这个理想迈进,不怕坏人的捣乱,不怕流放和死亡。由于阶级的局限,他对楚王还抱有幻想;他虽对人民有一定的关怀,但充满着矛盾和彷徨的复杂心情。他的爱国思想和不屈不挠的斗争精神是应该肯定的。

这些有一定进步意义的思想内容,化为热情洋溢、笔致奔放的卓越诗篇。屈原运用神话传说,借譬美人芳草,通过富有地方色彩的楚地方言,写成纵横恣肆、惊心动魄的抒情杰作,给我国积极浪漫主义文学打下雄厚的基础。这种文体被称为"骚体",对后代文学影响很大。

屈原以后,楚国还出现了宋玉、唐勒、景差等作家,其中宋玉比较突出。不过,他们的作品流传下来的很少。宋玉的生卒年不详,生平事迹也很少为后人所知。据说他是屈原的学生,在怀王的儿子顷襄王时做过大夫。作品十六篇,多亡佚,流传下来的只有《九辩》可信。

本书所选的是:屈原的《九歌》、《离骚》全文和《天问》、《九章》的一部分;宋玉的《九辩》和作者未定的《招魂》的若干段落。这样屈宋的重要作品大都在这里了,读者可以从中了解到"楚辞"这种文体的基本面貌。同时,对每篇作品作了简要的说明、解释,并附以译文。译诗本非易事,译者又乏诗才,为了便于读者理解原文,尽量用直译方法。在这一方面,从已出版的几种译文中受到不少启发,是应该感谢的。限于水平,书中错误一定不少,望读者多多指教。

　　　　　　　　　　陆侃如　一九六四年七月稿
　　　　　　　　　　龚克昌　一九七九年七月增补

屈　原

九　歌

【说明】

　　《九歌》包括十一篇祭歌：从《东皇太一》到《国殇》十篇，每篇祭一个神，最后一篇(《礼魂》)大概是共同用的送神歌曲。这些祭歌早已在楚国南部民间流传，后来经过楚国伟大诗人屈原的加工修改才保存下来。作品写在屈原被放逐以前。《九歌》反映了楚国古代现实生活的某些侧面，寄托着作者的哀愁；歌词里包含一些有意义的神话，具有浓厚的浪漫气息和优美的想象。环境描写，气氛渲染和心理刻画也很成功，写得情景交融，十分动人。有许多词句一直为后人所传诵。

东皇太一

吉日兮辰良[1]，穆将愉兮上皇[2]。
抚长剑兮玉珥[3]，璆锵鸣兮琳琅[4]。

瑶席兮玉瑱[5]，盍将把兮琼芳[6]。
蕙肴蒸兮兰藉[7]，奠桂酒兮椒浆[8]。
扬枹兮拊鼓[9]，疏缓节兮安歌[10]，
陈竽瑟兮浩倡[11]。
灵偃蹇兮姣服[12]，芳菲菲兮满堂[13]。
五音纷兮繁会[14]，君欣欣兮乐康[15]！

【说明】

《东皇太一》是《九歌》的第一首，它所祭的是最尊贵的天神——东皇太一。祭时可能由男巫扮东皇太一，由女巫迎神，歌辞全系女巫所唱。她边歌边舞，在唱辞中表达了人们对天神的尊敬和祭祀的隆重。

【解释】

〔1〕 辰良——就是良辰，好的时辰。兮（西 xī）——

语助词。

〔2〕 穆（木 mù）——恭敬。愉——娱乐。上皇——指东皇太一。

〔3〕 抚——摸、按。珥（耳 ěr）——剑环。

〔4〕 璆（求 qiú）锵——佩玉相撞击的声音。琳琅（林郎 lín láng）——美好的玉。

〔5〕 瑶——"蘨"的假借字，是一种可以编席子的草。玉瑱（振 zhèn）——用玉做的镇压席子的器具。瑱，"镇"的别字。

〔6〕 盍——发语词。将把——拿着。琼芳——玉色的花。

〔7〕 蕙——香草名。肴蒸——祭祀时用的肉。藉——垫底用的东西。

〔8〕 奠——祭献。椒浆——用椒泡渍的酒。

〔9〕 扬——举起。枹（扶 fú）——同"桴"，鼓槌。拊（府 fǔ）——敲打。

〔10〕 节——节拍。安歌——安详地歌唱。

〔11〕 陈——陈列，这里有列队合奏的意思。竽——笙类的乐器，有三十六管。瑟——琴类的乐器，有二十五弦。浩倡——大声地唱。倡，同"唱"。

〔12〕 灵——指东皇太一。偃蹇（眼简 yǎn jiǎn）——舞蹈的样子。姣（交 jiāo）——美好。

〔13〕 菲菲——香气浓郁的样子。

3

〔14〕 五音——宫、商、角、徵（旨 zhǐ）、羽五种音调。纷——众多。繁会——杂合，齐奏。

〔15〕 君——指东皇太一。欣欣——愉快的样子。康——安宁。

【译文】

吉祥的日子啊，美好的时光，
恭敬虔诚啊娱乐上皇。
手按长剑啊玉饰剑鼻，
佩带的美玉啊鸣声铿锵。

用名贵莒草编的席子啊用玉压着四边，
手拿着玉色的花啊散发芬芳。
蕙草包着祭肉啊兰草垫底，
摆设桂花酒啊还有椒浆。
举起鼓槌啊咚咚敲响，
节拍疏缓啊声调悠扬，
笙瑟合奏啊放声歌唱。

神灵舞姿翩翩啊服饰鲜艳，
香气浓郁啊充满祭堂。
众音盈耳啊交响齐奏，
上皇愉快啊身体安康！

云　中　君

浴兰汤兮沐芳[1]，华采衣兮若英[2]。
灵连蜷兮既留[3]，烂昭昭兮未央[4]。
蹇将憺兮寿宫[5]，与日月兮齐光[6]。
龙驾兮帝服[7]，聊翱游兮周章[8]。

灵皇皇兮既降[9]，猋远举兮云中[10]。
览冀州兮有余[11]，横四海兮焉穷[12]！
思夫君兮太息[13]，极劳心兮忡忡[14]。

【说明】

《云中君》是《九歌》的第二首，是楚人祭云神（云中君）的乐歌。祭时可能由男巫扮云神，由女巫迎神；女巫一人唱全部歌辞。它表达了人们对云神的颂美和依恋的心情。

【解释】

〔1〕　兰汤——香如兰草的热水。沐——洗发。

〔2〕 华采——华丽的颜色。英——花朵。

〔3〕 灵——指云中君。连蜷(全 quán)——回环宛转的样子,是云在天空自由舒卷的形象。

〔4〕 烂——光明灿烂。昭昭——明亮的样子。未央——没有穷尽。

〔5〕 蹇(简 jiǎn)——发语词。憺(淡 dàn)——安乐。寿宫——供神的神堂。

〔6〕 齐光——指云和日月相互辉映。

〔7〕 龙驾——龙拉的车。帝服——天帝的衣服。

〔8〕 聊——暂且。翱(遨 áo)游——即翱翔,回旋飞翔。周章——周旋来往。

〔9〕 皇皇——辉煌。降——下降。

〔10〕 猋(标 biāo)——快的样子。

〔11〕 冀州——中国古代划分为九州,冀州是九州之首,后人因而常用冀州代表中国。有余——是说云神光辉所照超出中国。

〔12〕 四海——指九州以外。焉——哪有。穷——尽。

〔13〕 夫(扶 fú)——语助词。君——指云神。太息——叹气。

〔14〕 忡(充 chōng)忡——心神不定的样子。

【译文】

　　你用香汤洗了澡啊又洗了发,
　　穿着华美的衣裳啊好似鲜花。
　　那宛转的云神啊留连不去,
　　灿烂的神光啊照得无边无涯。
　　你将舒舒适适啊住在神堂,
　　和太阳月亮啊发出同样的光芒。
　　坐着龙驾的车啊穿着天帝般的衣裳,
　　且在长空遨游啊来来往往。

　　辉煌的云神啊已经降临,
　　忽然远去啊重入云中。
　　你的光辉啊不仅照耀中国,
　　遍及四海啊无尽无穷!
　　我想念你啊深深叹息,
　　想来想去啊忧心忡忡。

湘　君

　　君不行兮夷犹[1],蹇谁留兮中洲[2]?

美要眇兮宜修[3],沛吾乘兮桂舟[4]。

令沅、湘兮无波,使江水兮安流!

望夫君兮未来[5],吹参差兮谁思[6]?

驾飞龙兮北征[7],邅吾道兮洞庭[8]。

薜荔柏兮蕙绸[9],荪桡兮兰旌[10]。

望涔阳兮极浦[11],横大江兮扬灵[12]。

扬灵兮未极[13],女婵媛兮为余太息[14]。

横流涕兮潺湲[15],隐思君兮陫侧[16]!

桂棹兮兰枻[17],斲冰兮积雪[18]。

采薜荔兮水中,搴芙蓉兮木末[19];

心不同兮媒劳[20],恩不甚兮轻绝[21]。

石濑兮浅浅[22],飞龙兮翩翩[23]。

交不忠兮怨长,期不信兮告余以不闲[24]。

朝骋骛兮江皋[25],夕弭节兮北渚[26]。

鸟次兮屋上[27],水周兮堂下[28]。

捐余玦兮江中[29],遗余佩兮澧浦[30]。
采芳洲兮杜若[31],将以遗兮下女[32]。
时不可兮再得,聊逍遥兮容与[33]。

【说明】

《湘君》为《九歌》的第三首,是楚国人祭湘水男神的乐歌。传说湘水有一对配偶神,男的叫湘君,女的叫湘夫人。祭时可能由男巫扮湘君,由女巫迎神,二巫互相酬答,边歌边舞。在男女对唱中,体现了湘君与湘夫人互相思慕的心绪,但侧重于抒发湘夫人等待湘君不来而产生的思恋情绪。

【解释】

〔1〕 君——指湘君。夷犹——迟疑,犹豫。

〔2〕 蹇(简 jiǎn)——楚语的发语词。中洲——洲中。洲,水中的陆地。

〔3〕 要眇(腰妙 yāo miào)——容貌美丽。宜修——装扮得恰到好处。宜,善。

〔4〕 沛(配 pèi)——这里形容舟划行得快速。桂舟——用桂木造的船。这句写驾快舟前往迎接湘君。

〔5〕 夫(扶 fú)——那个。

〔6〕 参差(岑平声疵 cēn cī)——即"篸差",排箫的别

9

名。因竹管排列参差不齐故曰参差。谁思——就是"思谁"。

〔7〕 飞龙——指快船,湘君所乘。征——行驶。

〔8〕 邅(占 zhān)——回转。

〔9〕 薜荔(避利 bì lì)——香草名。柏——就是后来的"箔",帘子的古名。绸——借作"裯",就是帐子。

〔10〕 荪(孙 sūn)——香草名。荪和兰都是形容芳洁。桡(挠 náo)——船桨。旌——旗。以上四句写湘君行装华丽芳洁,要来会面但没有来。

〔11〕 涔(岑 cén)阳——地名,在涔水的北岸,今湖南省澧县有涔阳浦。涔水源出今湖南省澧县。极浦——遥远的水边。

〔12〕 扬灵——显示精诚。指湘君。

〔13〕 未极——没来。极,至。

〔14〕 女——指湘夫人的侍女。婵媛(蝉元 chán yuán)——多情的样子。余——我。

〔15〕 涕——眼泪。潺湲(蝉元 chán yuán)——形容流泪不止。

〔16〕 隐——暗暗地。陫侧(匪册 fěi cè)——借作"悱恻",是悲伤的意思。以上写湘夫人等待湘君不来的痛苦心情。

〔17〕 棹(兆 zhào)——船桨。兰——木兰,香木名。枻(意 yì)——船舵。

〔18〕 斲(浊 zhuó)冰——比喻船破水而去。斲,打

10

开。积雪——喻行船激起浪花。

〔19〕 搴（千 qiān）——拔取。芙蓉——荷花。木末——树梢。这两句是拿到水中采地上生的薜荔和到树上采水中生的荷花,比喻事情是徒劳的。

〔20〕 心不同——指男女有一方对爱情不忠。

〔21〕 甚——深重。

〔22〕 濑（赖 lài）——沙石间的水。浅（笺 jiān）浅——流得快。

〔23〕 翩翩——飞行轻快的样子。

〔24〕 期——约会。不信——不践约。不闲——没空闲。以上写湘夫人等待湘君不来,由痛苦转而为悲怨。

〔25〕 骋骛（逞悟 chěng wù）——急走。江皋——江边。

〔26〕 弭（米 mǐ）——停住。节——马鞭。渚（主 zhǔ）——水中的小块陆地。

〔27〕 次——栖宿。

〔28〕 周——环绕。这四句进一步写湘夫人来到约会地方,由于没见到湘君,只觉得一片荒凉景象。

〔29〕 捐——丢下。玦（决 jué）——玉扳指。

〔30〕 遗——留下。佩——玉佩。澧（礼 lǐ）——澧水,在湖南省澧县一带,注入洞庭湖。这两句写湘夫人把玦与佩抛在水里,表示决绝。

〔31〕 杜若——香草名。

〔32〕 遗(位 wèi)——赠送。下女——湘君的侍女。这两句写湘夫人打算把采来的香草赠给湘君的侍女,希望她代为说情。

〔33〕 聊——姑且。容与——迟缓不前的样子。这六句写湘夫人的绝望矛盾的心情。

【译文】

[女唱]湘君啊,你为啥迟迟疑疑还不来?
　　　　为了谁啊还在滩上逗留?
　　　　我把容貌啊打扮得美丽俊俏,
　　　　并赶快划起了我那桂木舟。
　　　　请沅水、湘水啊莫起波澜,
　　　　浩渺的江水啊要静静东流!
　　　　盼望着的人啊还不见来,
　　　　为谁吹箫啊我思绪悠悠?

[男唱]划起龙船啊向北行,
　　　　曲曲折折啊我转到了洞庭。
　　　　蕙草作帐啊薜荔作帘,
　　　　荪草为桨啊香兰为旌。

[女唱]北望涔阳啊在那遥远的水边,
　　　　横渡大江啊显示了你的精诚。

你虽显示了精诚啊并未到来,
侍女多情啊为我发出了叹息声。
我慢慢流下啊清泪如水,
暗暗地想念你啊我心灵楚痛!

[女唱]桂树作桨啊木兰作舵,
破开航道啊浪花似雪溅。
陆上的薜荔啊怎能到水中去采?
要摘荷花啊怎能爬到树巅?
两心不相同啊难以说合,
恩情不深啊容易中断。
沙石间的溪水啊流声潺潺,
龙船疾驶啊如鸟翱翔。
相交不忠诚啊使人容易产生怨恨,
不守信约啊骗我说事情太忙。

[女唱]早上起来啊在江边奔走,
到了黄昏啊停宿在北滩。
只见飞鸟啊栖息在屋上,
流水在堂下啊萦绕回环。

[女唱]把我的扳指啊抛向大江,
把我的玉佩啊留在澧水边。

我到长满香草的岛上啊采摘杜若,
拿来赠送啊你的女伴。
时光一去啊不能再来,
姑且散散心啊徘徊等待。

湘　夫　人

帝子降兮北渚[1],目眇眇兮愁予[2]。
袅袅兮秋风[3],洞庭波兮木叶下。
登白薠兮骋望[4],与佳期兮夕张[5]。
鸟何萃兮蘋中[6]？罾何为兮木上[7]？

沅有茝兮澧有兰[8],思公子兮未敢言[9]。
荒忽兮远望[10],观流水兮潺湲[11]。

麋何食兮庭中[12]？蛟何为兮水裔[13]？
朝驰余马兮江皋[14],夕济兮西澨[15]。
闻佳人兮召予[16],将腾驾兮偕逝[17]。

筑室兮水中,葺之兮荷盖[18];
荪壁兮紫坛[19],播芳椒兮成堂[20];
桂栋兮兰橑[21],辛夷楣兮药房[22];
罔薜荔兮为帷[23],擗蕙櫋兮既张[24];
白玉兮为镇[25],疏石兰兮为芳[26];
芷葺兮荷屋[27],缭之兮杜衡[28]。

合百草兮实庭[29],建芳馨兮庑门[30]。
九嶷缤兮并迎[31],灵之来兮如云[32]。

捐余袂兮江中[33],遗余褋兮澧浦[34]。
搴汀洲兮杜若[35],将以遗兮远者[36]。
时不可兮骤得[37],聊逍遥兮容与。

【说明】

《湘夫人》为《九歌》的第四首,是祭湘水女神时用的乐歌,和《湘君》可相配合。在由女巫扮湘夫人而由男巫迎神时,同样对唱,互表情意。这一首侧重写湘君思念湘夫人的心情,在形式上和《湘君》一首有相似之处。

【解释】

〔1〕 帝子——天帝的女儿,指湘夫人。渚(主zhǔ)——水边或水中浅滩。

〔2〕 眇眇——向远看的样子。愁予——使我发愁。

〔3〕 袅袅(鸟niǎo)——风力微弱。

〔4〕 蘋(凡fán)——草名,多生在秋季沼泽地。骋(逞chěng)望——纵目远望。

〔5〕 佳——佳人。期——约会。张——陈设。

〔6〕 萃——聚集。蘋——水草。

〔7〕 罾(增zēng)——鱼网。这两句说:鸟本当休息在树上,却跑到水草里;鱼网本当张设在水中,却架到树上。用来比喻事情不能如愿。

〔8〕 沅——沅水。茞(chǎi)——香草名。澧——澧水。

〔9〕 公子——想念的人,指湘君。

〔10〕 荒忽——迷迷糊糊的样子。

〔11〕 潺湲(蝉元chán yuán)——形容水慢慢流动。

〔12〕 麋(迷mí)——鹿的一种。

〔13〕 蛟——传说是没有角的龙。水裔(意yì)——水边。这两句说:麋鹿不去山林而到庭中,蛟龙不潜在深水而来浅水边。比喻湘君向湘夫人求爱不得其所,难免落空。

〔14〕 江皋——江边。

〔15〕 济——渡水。澨(世 shì)——水边。

〔16〕 佳人——指湘夫人。

〔17〕 偕逝——同去。

〔18〕 葺(气 qì)——编草来盖房子。这句是说编织荷叶的房盖。

〔19〕 荪(孙 sūn)——香草名。紫——紫贝。坛——庭院。

〔20〕 播——散布。芳椒——香椒。椒树的子是香的。

〔21〕 栋——屋梁。橑(老 lǎo)——屋椽。

〔22〕 辛夷——香木名,又叫作木笔。楣(眉 méi)——门上的横梁。药——香草名,就是白芷。

〔23〕 罔——古"网"字,这里作编结讲。薜荔(避利 bì lì)——香草名。帷——帐幕。

〔24〕 擗(辟 pì)——通"擘",剖开。蕙——香草名。櫋(棉 mián)——一作"櫋",应当作"幔",是帐顶。

〔25〕 镇——压席子的东西。

〔26〕 疏——散布。石兰——香草名。

〔27〕 芷——香草名。

〔28〕 缭——缠绕。杜衡——香草名。

〔29〕 实——充满。

〔30〕 馨——传布较远的香气。庑(武 wǔ)——厢房。

17

〔31〕 九嶷——山名,在湖南,这里指山神。缤——众多。

〔32〕 灵——指湘夫人。

〔33〕 袂——衣袖。

〔34〕 褋(蝶 dié)——汗衫。

〔35〕 汀(听 tīng)——水中平地。

〔36〕 遗(位 wèi)——赠送。

〔37〕 骤(宙 zhòu)——轻易,一下子。

【译文】

［男唱］公主下降啊到北边滩上,
　　　　放眼远望啊使我分外惆怅。
　　　　秋风吹来啊阵阵生凉,
　　　　洞庭起浪啊落叶飘扬。
　　　　踩着白蘋啊向远处盼望,
　　　　相约在黄昏啊把罗帐施张。
　　　　鸟儿啊为何聚在蘋草边?
　　　　鱼网啊为何挂在树枝上?

［女唱］沅水有茝草啊澧水有兰,
　　　　满心想你啊不敢明言。
　　　　恍恍惚惚啊向远方张望,
　　　　但见流水啊流得这么迟缓。

[男唱]野麋寻食啊为什么来到庭院？
　　　蛟龙腾跃啊何以竟在浅水畔？
　　　清早我骑着马啊奔跑在江边，
　　　傍晚渡水啊到那西岸。
　　　听见好人儿啊向我召唤，
　　　我赶快驾着车啊同你一起去寻欢。

[男唱]把我们的房屋啊建在江中，
　　　采来荷叶啊盖在屋上；
　　　用荪草饰墙啊紫贝砌庭院，
　　　撒布香椒啊充满整个中堂；
　　　以桂树作梁啊木兰作椽，
　　　用辛夷作门啊白芷铺房；
　　　编起薜荔啊作成帐，
　　　采来蕙草啊布帐上；
　　　洁白的玉啊压席子，
　　　散放石兰啊传播芬芳；
　　　荷叶做的屋顶啊加盖芷草，
　　　四周围绕着啊杜衡的芳香。

[男唱]配得百草啊摆满庭中，
　　　使芬芳呀播满门廊和厢房。

19

九嶷山上的众神啊都来欢迎，
　　你和侍从们前来啊像流云一样。

[女唱]把我的套袖抛入江中，
　　把我的汗衣丢在澧水头。
　　我在小岛上啊采杜若，
　　拿来送给远方的朋友。
　　美好的时光啊实在难得，
　　姑且散散心啊稍加停留。

大　司　命

广开兮天门^[1]，纷吾乘兮玄云^[2]。
令飘风兮先驱^[3]，使涷雨兮洒尘^[4]。
君回翔兮以下^[5]，逾空桑兮从女^[6]。
纷总总兮九州^[7]，何寿夭兮在予^[8]！

高飞兮安翔^[9]，乘清气兮御阴阳^[10]。
吾与君兮齐速^[11]，导帝之兮九坑^[12]。
灵衣兮被被^[13]，玉佩兮陆离^[14]。

壹阴兮壹阳[15],众莫知兮余所为[16]。

折疏麻兮瑶华[17],将以遗兮离居[18]。
老冉冉兮既极[19],不寖近兮愈疏[20]。
乘龙兮辚辚[21],高驰兮冲天。
结桂枝兮延伫[22],羌愈思兮愁人[23]。
愁人兮奈何?愿若今兮无亏[24]。
固人命兮有当[25],孰离合兮可为[26]?

【说明】

《大司命》为《九歌》的第五首,是楚国人对主管人类寿命的神的祭歌。祭时可能由男巫扮大司命,由女巫迎神。在男女二巫边歌边舞,互相对唱时,就会有一些彼此爱慕的话。歌辞中还表现了人们对生活的热爱和追求,同时也流露了在寿命上无可奈何的心理。

【解释】

〔1〕 天门——天帝的宫门。

〔2〕 纷——众多。玄——黑色。

〔3〕 飘风——旋风。

〔4〕 涷(动 dòng)雨——暴雨。洒——洒扫。

〔5〕 君——指大司命。回翔——回旋飞翔。

〔6〕 逾——超过。空桑——神话中的东方的山名。女——读作"汝",就是你。

〔7〕 总总——众多的样子。九州——中国古代分为九州:冀州、兖州、青州、徐州、扬州、荆州、豫州、梁州、雍州。

〔8〕 何——谁。夭——短命。

〔9〕 安翔——慢慢地飞。

〔10〕 清气——天空清新的气。御——驾驭。阴阳——阴气和阳气。

〔11〕 与——跟从。齐速——同"斋邀(素sù)",虔诚恭敬的样子。

〔12〕 导——引导。帝——天帝。之——去到。九坑——就是"九岗",是九座大山的山岗。

〔13〕 灵衣——应当作"云衣",云样的衣裳。被(披 pī)被——衣服被风吹飘动的样子。

〔14〕 陆离——光彩闪烁的样子。

〔15〕 阴——隐蔽。阳——显现。

〔16〕 余——我。

〔17〕 疏麻——神麻。瑶华——白花。

〔18〕 遗(位 wèi)——赠送。离居——不住在一起的人。

〔19〕 冉(染 rǎn)冉——慢慢地。既极——不久就会

来到。

〔20〕 寖（进 jìn）——渐渐地。

〔21〕 龙——龙车。辚（林 lín）辚——车声。

〔22〕 延伫（住 zhù）——久立盼望。

〔23〕 羌——发语词。

〔24〕 亏——亏损。

〔25〕 当——正常、常规。

〔26〕 孰——谁。

【译文】

[男唱]敞开了啊天帝的宫门，
　　　　跨上了啊团团的浓云。
　　　　命令旋风啊先行开路，
　　　　使唤暴雨啊打扫灰尘。

[女唱]你像飞鸟啊盘旋下降，
　　　　越过空桑山啊我要来紧跟。

[男唱]说不清啊有多少九州生民，
　　　　谁长寿谁短命啊都掌握在我手心！

[女唱]你飞得既高啊又安详，
　　　　乘清气啊驾着太阴和太阳。

　　　　　我和你啊虔诚地前进，

　　　　　引导天帝到达啊九州的山岗。

［男唱］云样的衣服啊随风飘扬，

　　　　　玉饰的佩带啊闪发奇光。

　　　　　或隐或现啊变化无穷，

　　　　　大家猜不透啊我的行藏。

［女唱］折取神麻啊如玉的白花，

　　　　　我要送给你这远离的人儿。

　　　　　年老慢慢地啊就会来到，

　　　　　再不亲近啊便更疏远生离。

　　　　　你坐着龙车啊轰隆隆作响，

　　　　　向高空驰骋啊冲入云天。

　　　　　手拿桂枝啊我伫立痴望，

　　　　　越是思念啊越是心烦。

　　　　　内心愁闷啊无可奈何，

　　　　　但愿像现在一样啊恩情圆满。

　　　　　固然人的寿命啊各有长短，

　　　　　谁能预先安排啊聚聚散散？

少 司 命

秋兰兮麋芜[1],罗生兮堂下[2]。
绿叶兮素华[3],芳菲菲兮袭予[4]。
夫人兮自有美子[5],荪何以兮愁苦[6]!

秋兰兮青青,绿叶兮紫茎。
满堂兮美人,忽独与余兮目成[7]。

入不言兮出不辞[8],乘回风兮载云旗[9]。
悲莫悲兮生别离[10],乐莫乐兮新相知。

荷衣兮蕙带[11],儵而来兮忽而逝[12]。
夕宿兮帝郊[13],君谁须兮云之际[14]?

与女沐兮咸池[15],晞女发兮阳之阿[16]。
望美人兮未来[17],临风怳兮浩歌[18]。
孔盖兮翠旌[19],登九天兮抚彗星[20]。
竦长剑兮拥幼艾[21],荪独宜兮为民正[22]!

25

【说明】

《少司命》为《九歌》的第六首,是楚国人对主宰少年儿童命运之神的祭歌。祭时可能由男巫扮少司命,由女巫迎神。和《大司命》一样,由男女二巫对唱,表达了相互间的爱慕,尤其是歌辞中表现出来的对少司命神的礼赞,反映了人民对儿童一代的热爱和关怀。诗中"悲莫悲兮生别离"两句,成为千古传诵的名句。

【解释】

〔1〕 糜(迷 mí)芜——白芷。香草名。

〔2〕 罗生——密密生长,网一般散布开。

〔3〕 素——白色。华——花。

〔4〕 菲菲——香气浓郁的样子。

〔5〕 夫(扶 fú)——发语词。美子——美好的儿女。

〔6〕 荪(孙 sūn)——香草名,这里作尊称,指少司命。

〔7〕 余——我。目成——眉目传情。

〔8〕 辞——告别。

〔9〕 云旗——拿云做的旗。

〔10〕 生别离——活生生的、热辣辣的别离。

〔11〕 蕙——香草名。

〔12〕 倏(舒 shū)——急速。逝——去。

〔13〕 帝郊——上帝的郊野,即天界。

〔14〕 谁须——就是"须谁"。须,等待。

〔15〕 女——读作"汝",你。沐——洗发。咸池——神话中的水名,是太阳洗澡的地方。

〔16〕 晞(希 xī)——晒。阳之阿——神话中的山名,就是旸(阳 yáng)谷,太阳出来的地方。

〔17〕 美人——就是上文的"女"。

〔18〕 怳(谎 huǎng)——即"恍",怅望。浩歌——大声歌唱。

〔19〕 孔——指孔雀翎。盖——车顶。翠——指翡翠鸟毛。旌——旗。

〔20〕 九天——神话中认为天有九层。彗星——扫帚星。古代传说彗星出现是扫除邪秽的象征。

〔21〕 竦(耸 sǒng)——挺出、举起。拥——保护的意思。幼艾——年幼人,青少年。

〔22〕 正——主宰。

【译文】

[女唱]秋天的兰草啊芬芳的白芷,
　　　　密密麻麻啊在堂下生长。
　　　　碧绿的叶子啊雪白的花,
　　　　浓郁的香气啊熏染我身上。
　　　　人人都有啊好儿女,
　　　　你何必啊这么惆怅!

[男唱] 秋天的兰草啊多么旺盛，
　　　 碧绿的叶子啊掩映着紫茎。
　　　 虽然满堂啊都是美人，
　　　 只有你忽然同我啊眉目传情。

[女唱] 你来时没作声啊去时又不告辞，
　　　 你乘着旋风啊张着云旗。
　　　 最悲伤啊超不过活生生的别离，
　　　 最快乐啊超不过交上新的知己。

　　　 穿上荷花衣啊系着蕙草带，
　　　 你闪眼来了啊去得更快。
　　　 黄昏时候啊你住在天国郊野，
　　　 站在云端啊你把谁等待？

[男唱] 愿同你一起啊在咸池沐浴，
　　　 你的长发啊晾在旸谷。
　　　 盼望你来啊你偏不来，
　　　 我迎风高歌啊心中多么难过！

[女唱] 孔雀翎作车顶啊翡翠毛作旌，
　　　 你在九重天上啊抚摩彗星。
　　　 高高举起长剑啊卫护少年男女，
　　　 只有你啊配做万民的主宰神！

东　君

暾将出兮东方[1],照吾槛兮扶桑[2]。
抚余马兮安驱[3],夜皎皎兮既明[4]。
驾龙辀兮乘雷[5],载云旗兮委蛇[6]。
长太息兮将上[7],心低徊兮顾怀[8]。
羌声色兮娱人[9],观者憺兮忘归[10]。

緪瑟兮交鼓[11],箫钟兮瑶簴[12];
鸣篪兮吹竽[13],思灵保兮贤姱[14]。
翾飞兮翠曾[15],展诗兮会舞[16]。
应律兮合节,灵之来兮蔽日[17]。

青云衣兮白霓裳[18],举长矢兮射天狼[19]。

操余弧兮反沦降[20],援北斗兮酌桂浆[21]。

撰余辔兮高驰翔[22],杳冥冥兮以

东行[23]。

【说明】

《东君》为《九歌》的第七首,是楚国人祭太阳神(东君)的乐歌。祭时可能由男巫扮东君,由女巫迎神。在对唱的歌辞中,着重烘托了昼夜交替的情况和歌舞的美妙动人,表现了对太阳神的崇敬和礼赞。

【解释】

〔1〕暾(吞 tūn)——初升的太阳。

〔2〕吾——指太阳神。槛(见 jiàn)——栏杆。扶桑——神木名,神话中太阳升起的地方。

〔3〕余——我。马——相传太阳坐着马车走。安驱——慢慢地走。

〔4〕皎皎——同"皎皎",光明的样子。

〔5〕辀(州 zhōu)——车杠,这里代指车子。

〔6〕云旗——拿云做的旗。委蛇(移 yí)——旌旗飘动的样子。

〔7〕太息——叹气。

〔8〕低徊——留恋。顾——回头。怀——思念。

〔9〕羌——发语词。声——音乐。色——指舞女。

〔10〕憺(淡 dàn)——安乐,可理解为贪恋。

〔11〕 絚（耕 gēng）瑟——绞紧瑟上的弦。交鼓——相对击鼓。

〔12〕 箫——应当作"撽（消 xiāo）"，是敲打的意思。瑶——应当作"摇"。簴（句 jù）——悬挂乐器的木架。

〔13〕 篪（持 chí）——笛类的乐器。竽——笙类的乐器。

〔14〕 灵保——指神。姱（夸 kuā）——美好。

〔15〕 翾（宣 xuān）——小飞。翠——指翡翠鸟。曾——应当作"翻"，是飞的意思。这里是用鸟飞形容舞姿。

〔16〕 展诗——歌声开朗。会舞——合舞。

〔17〕 灵——神，指众神。蔽日——形容日神随从之多。

〔18〕 霓——虹。

〔19〕 矢——箭。天狼——天上的恶星。

〔20〕 弧（胡 hú）——弓。反——返。沦降——降落的意思。

〔21〕 援——拿起。北斗——星名，这里作酒斗的象征。桂浆——香酒。

〔22〕 撰——抓住。辔（配 pèi）——马缰绳。

〔23〕 杳（眇 miǎo）——深远。冥冥——黑暗。

【译文】

[男唱] 我携带着光明啊出现在东方，
　　　　照耀在我栏杆前的扶桑树上。
　　　　轻轻拍着我的马啊慢慢向前，
　　　　漫漫长夜啊已化为一片光芒。
　　　　驾着龙车啊雷声隆隆，
　　　　挂起云旗啊在空中飘动。
　　　　叹一口气啊向上飞腾，
　　　　怀念故居啊心中彷徨不定。
　　　　歌声舞影啊真使人动情，
　　　　着迷的观众啊都忘掉了归程。

[女唱] 绞紧琴弦啊鼓声点点，
　　　　撞起大钟啊钟架摇摆不定；
　　　　既吹笛啊又吹笙，
　　　　想着太阳神啊那美妙的德行。
　　　　美妙的舞姿啊像翠鸟展翅，
　　　　唱起诗歌啊我们一起舞蹈。
　　　　歌唱和着乐律啊舞步和着节拍，
　　　　神灵来得众多啊竟把日光笼罩。

[男唱] 用青云做上衣啊白虹做下裳，
　　　　举起长箭啊射向天狼。

带着我的弓啊向归途下降,
拿起北斗啊舀一杯芳香的酒浆。
拉起缰绳啊我向高处飞翔,
乘着迷茫的夜色啊我又飞向东方。

河　伯

与女游兮九河[1],冲风起兮横波[2]。
乘水车兮荷盖[3],驾两龙兮骖螭[4]。
登昆仑兮四望[5],心飞扬兮浩荡[6]。
日将暮兮怅忘归,惟极浦兮寤怀[7]。

鱼鳞屋兮龙堂,紫贝阙兮朱宫[8]。
灵何为兮水中[9]?乘白鼋兮逐文鱼[10]!

与女游兮河之渚[11],流澌纷兮将来下[12]。
与子交手兮东行[13],送美人兮

33

南浦[14]。

波滔滔兮来迎[15],鱼邻邻兮媵予[16]。

【说明】

《河伯》为《九歌》的第八首,是楚国人祭黄河神的乐歌。祭时由男巫扮河伯,由女巫迎神。和前边几首一样,在男女二巫对唱中也表达了河伯和他的恋人之间的思慕感情。

【解释】

〔1〕 女——同"汝",就是你,指与河伯相恋的女神。九河——总指黄河下游的许多支流。

〔2〕 冲风——冲地而起的风,就是旋风。横波——横起的水波,即大波浪。

〔3〕 水车——能在水中走的车。盖——车顶。

〔4〕 骖(参 cān)——古人用四匹马驾车,两旁的马叫骖。螭(痴 chī)——传说中没有角的龙。

〔5〕 昆仑——山名,是黄河发源的地方。

〔6〕 浩荡——心情开阔。

〔7〕 惟——思念。极浦——辽远的水边。寤怀——寤寐怀念,形容极度思念。

〔8〕 贝阙——用贝做的宫门。朱——应当作"珠"。

〔9〕 灵——指河伯。

〔10〕 鼋(元 yuán)——大鳖。文鱼——鲤鱼。

〔11〕 渚(主 zhǔ)——水中的小块陆地。

〔12〕 流澌(斯 sī)——流水。纷——众多。

〔13〕 子——你。交手——携手。

〔14〕 美人——指迎神的女巫。

〔15〕 滔(掏 tāo)滔——大水的样子。

〔16〕 邻邻——一个接着一个。媵(映 yìng)——古代陪嫁的人，这里作伴送讲。

【译文】

［男唱］和你同游啊在那支流纵横的黄河，
　　　　旋风吹来啊掀起大波。
　　　　坐的车子啊荷叶作顶，
　　　　双龙驾辕啊螭龙一右一左。
　　　　登上昆仑山啊远望四方，
　　　　中心兴奋啊胸怀舒畅。
　　　　太阳将要落山啊惆怅忘返，
　　　　是那遥远的水边啊惹我思念。

［女唱］鱼鳞盖屋啊飞龙画在高堂，
　　　　紫贝装饰门户啊珍珠缀成殿房。
　　　　你为什么在水中啊来来去去？

骑着大白鳖啊追逐着鲤鱼!

[男唱]和你同游啊在河中小岛上,
　　滔滔流水啊流过我的身旁。
　　和你携手啊向东而去,
　　殷勤送别啊直到河南岸。
　　波浪滚滚啊都来欢迎,
　　无数鱼儿啊来为我作伴。

山　鬼

若有人兮山之阿[1],被薜荔兮带女萝[2]。

既含睇兮又宜笑[3],子慕予兮善窈窕[4]。

乘赤豹兮从文狸[5],辛夷车兮结桂旗[6]。

被石兰兮带杜衡[7],折芳馨兮遗所思[8]。

余处幽篁兮终不见天[9]，路险难兮独后来。

表独立兮山之上[10]，云容容兮而在下[11]。

杳冥冥兮羌昼晦[12]，东风飘兮神灵雨[13]。

留灵修兮憺忘归[14]，岁既晏兮孰华予[15]！

采三秀兮於山间[16]，石磊磊兮葛蔓蔓[17]。

怨公子兮怅忘归[18]，君思我兮不得闲。

山中人兮芳杜若[19]，饮石泉兮荫松柏。

君思我兮然疑作[20]。

雷填填兮雨冥冥[21]，猿啾啾兮狖夜鸣[22]。

风飒飒兮木萧萧[23]，思公子兮徒离忧[24]。

【说明】

《山鬼》为《九歌》的第九首,是楚国人祭山神(山鬼)的乐歌。山神是女性的。祭时由女巫扮山神,由男巫迎神。在相互的酬答歌唱中,表现了山鬼和她的恋人之间的热恋和怨望。对山鬼心理刻画尤为细致精彩。

【解释】

〔1〕 若——语气词。阿——山凹。

〔2〕 被(批 pī)——披在身上。薜荔(避利 bì lì)——香草名。女萝——就是菟丝,一种蔓生的植物。

〔3〕 含睇(地 dì)——含情微视。宜笑——笑得好看。

〔4〕 子——你。慕——慈慕。予——同"舒",温和。善——善于。窈窕——幽闲、美好的姿态。

〔5〕 文狸——有花纹的狸。

〔6〕 辛夷——香木名,又叫作木笔。

〔7〕 石兰——香草名。杜衡——香草名。

〔8〕 芳馨——泛指芳香的花草。遗(位 wèi)——赠送。所思——所想念的人。

〔9〕 余——我。篁(黄 huáng)——竹林。

〔10〕 表——特出。

〔11〕 容容——读作"溶溶",水流动的样子,这里形

容云气在空中流动。

〔12〕杳（眇 miǎo）——深远。冥冥——黑暗。羌——发语词。晦——不明。

〔13〕神灵雨——雨神在下雨。

〔14〕灵修——就是神，这里指山神。憺（旦 dàn）——安乐。

〔15〕晏——迟晚。孰——怎么。华——就是"花"，比喻像花朵般的盛开。予——语助词。这两句是挽留山鬼的辞。

〔16〕三秀——芝草的别名。芝草一年开三次花，所以叫三秀。

〔17〕磊（垒 lěi）磊——乱石堆积的样子。蔓蔓——葛草蔓延的样子。

〔18〕公子——指思恋的人。

〔19〕杜若——香草名。

〔20〕然——诚然，肯定。疑——不可信。作——兴起念头。

〔21〕填填——雷声。

〔22〕啾（究 jiū）啾——猿猴叫声。狖（又 yòu）——黑色的长尾猿。

〔23〕飒（萨 sà）飒——风声。萧萧——风吹落叶的声音。

〔24〕离忧——忧伤。

【译文】

［男唱］有个人儿啊在那深山凹，
　　　　身披薜荔啊菟丝系腰。
　　　　美目含情啊美得多么甜，
　　　　你性情温柔和祥啊姿态又苗条。

［女唱］红豹子拉车啊后面跟随花狸，
　　　　辛夷作车啊桂花扎旗。
　　　　石兰的衣服啊杜衡的带，
　　　　采来香花啊送给我的心爱。

　　　　我在竹林深处啊久不见天，
　　　　来得稍晚啊因为道路艰险。
　　　　孤零零啊我立在山巅，
　　　　白云绵绵啊飘荡在山间。
　　　　云雾沉沉啊白昼昏暗，
　　　　东风吹起啊带着细细的雨点。

［男唱］要留住山神啊我不想回家去，
　　　　年华已老啊怎能永葆美丽？

［女唱］采摘灵芝啊我来到山间，

乱石成堆啊葛藤蔓延。

我怨恨你啊难过得忘了回家，

你也许思念我啊可只是没有空闲。

我这山里的人啊品格和杜若一般，

等待在松柏荫下啊啜饮清泉。

而你是否思念我啊，我疑信参半。

雷声隆隆啊雨丝蒙蒙，

啾啾的猿声啊入夜更哀。

风声飒飒啊落叶萧萧，

无限相思啊愁绪满怀。

国　殇[1]

操吴戈兮被犀甲[2]，车错毂兮短兵接[3]；

旌蔽日兮敌若云[4]，矢交坠兮士争先[5]。

凌余阵兮躐余行[6]，左骖殪兮右刃伤[7]。

霾两轮兮絷四马[8]，援玉枹兮击

鸣鼓[9]。

天时怼兮威灵怒[10],严杀尽兮弃原野[11]。

出不入兮往不反[12],平原忽兮路超远[13]。

带长剑兮挟秦弓,首身离兮心不惩[14]。

诚既勇兮又以武[15],终刚强兮不可凌[16]。

身既死兮神以灵[17],魂魄毅兮为鬼雄[18]!

【说明】

《国殇》为《九歌》的第十首,是楚国人对为国牺牲的战士的祭歌。歌辞全是迎神者所唱。它热烈地歌颂了为国牺牲的战士们的顽强斗志和崇高品质,表现了人们对他们的崇敬和热爱。这是一首洋溢着爱国主义思想的诗篇。

【解释】

〔1〕 国殇(伤 shāng)——为国牺牲。殇,死。

〔2〕 操——拿着。吴戈——吴地所产的戈,指锋利

的武器。犀甲——犀牛皮做的战衣。

〔3〕 错——交错。毂(古 gǔ)——车轮中心的圆木。短兵——指刀盾一类的短的兵器。

〔4〕 若云——像云一般多。

〔5〕 坠——落下。士——战士。

〔6〕 凌——侵犯。余——我。躐(猎 liè)——践踏。

〔7〕 殪(抑 yì)——倒地而死。

〔8〕 霾(埋 mái)——借作"埋",埋没。絷(直 zhí)——绊住。

〔9〕 援——拿着。枹(扶 fú)——鼓槌。这句写主帅击鼓,以鼓舞士气。

〔10〕 威灵——神灵。

〔11〕 严杀——痛杀。

〔12〕 反——返。

〔13〕 忽——借作"飙",是刮大风的意思。

〔14〕 惩——恐惧。

〔15〕 武——力量壮大。

〔16〕 终——且,而且。

〔17〕 神以灵——神灵显赫,指精神不死。

〔18〕 鬼雄——鬼中的英雄好汉。

【译文】

　　手里拿着吴戈啊身上穿着犀甲,

43

战车搅在一起啊只能用刀戈刺杀；
战旗遮蔽了太阳啊敌人像云涌，
乱箭纷纷落下啊战士争着向前冲。
我们阵地被侵犯啊行列也被践踏，
左马已死啊右马也挂了花。
战车的轮子陷入地里啊马也像被捆住，
拿起白玉般的鼓槌啊尽力敲鼓。
老天爷忿恨啊神灵也发怒，
把敌人痛杀干净啊尸首抛在野外。

战士当初出征啊本来不打算回返，
平原刮着大风啊路是这样遥远。
手持秦国制的弓啊身佩长剑，
尽管砍掉了头啊心还不变。
真是勇敢啊气力又壮，
而且十分刚强啊不可侵犯。
肉体虽死而精神长存，
忠魂毅魄啊永远都是鬼中好汉！

礼 魂

成礼兮会鼓[1]，传芭兮代舞[2]，

姱女倡兮容与[3]。

春兰兮秋菊,长无绝兮终古[4]！

【说明】

《礼魂》为《九歌》的最后一首,内容很简短,可能是祭前边十个神的时候所通用的送神歌辞。

【解释】

〔1〕 会鼓——鼓点集中。

〔2〕 芭(巴 bā)——初开的花朵。代——轮流。

〔3〕 姱(夸 kuā)——美好。容与——从容不迫的样子。

〔4〕 终古——永久。

【译文】

祭礼完成啊鼓点频繁,
轮流舞蹈啊花枝互传,
美女歌唱啊从容安闲。
兰草在春季啊菊花在秋天,
永垂不朽啊万代千年！

天　问

【说明】

　　《天问》是屈原在《离骚》之外的又一首重要长诗。在这首诗里,作者一口气对天、地、神、人等各方面提出了一百七十几个问难,鲜明地表现了作者探索事物根源和不屈不挠的战斗精神。《天问》中保存了许多历史人物和神话传说的资料,想象丰富,构思新颖,句式灵活,音节铿锵。《天问》应该是屈原被放逐后的作品。这里节选了其中主要部分。

　　曰:遂古之初[1],谁传道之[2]?
　　上下未形[3],何由考之?
　　冥昭瞢暗[4],谁能极之[5]?
　　冯翼惟像[6],何以识之?
　　明明暗暗,惟时何为[7]?

阴阳三合[8],何本何化[9]?

【解释】

〔1〕 遂古——远古。遂,通"邃",深远的意思。

〔2〕 传道——传说称道。

〔3〕 上下——指天地。未形——无形。

〔4〕 冥——幽暗。昭——光明。瞢(盟 méng)暗——不明白、不清楚的意思。

〔5〕 极——穷究。

〔6〕 冯(凭 píng)翼——大气运动的状态。惟——语助词。像——形象。

〔7〕 时——是,这个。

〔8〕 阴阳——阴气与阳气。三——通"参(cēn)",参错,错落不齐。

〔9〕 本——根源,起源。

【译文】

请问:远古开初的事,
是谁传述下来的?
那时天地还没有形成,
根据什么去考定?
那时宇宙一片朦胧浑沌,日夜不分,

谁能够穷究出来？

那时只有大气在运动，

怎么能够辨别明白？

白天黑夜的变化，

那是为了什么缘故？

阴阳二气参错配合才能生万物，

它们的起源和变化又当何如？

圜则九重[1]，孰营度之[2]？

惟兹何功[3]，孰初作之？

斡维焉系[4]？天极焉加？

八柱何当[5]？东南何亏？

九天之际[6]，安放安属[7]？

隅隈多有[8]，谁知其数？

【解释】

[1] 圜——同"圆"，指天的形体。

[2] 营——经营。度（夺 duó）——测量。

[3] 兹——这个。功——功效，用处。

[4] 斡——车毂，车轮的中心，穿轴的部位。意思说：宇宙像个旋转的车轮，它应该有个中心点。维——绳子。

48

〔5〕 八柱——古代传说,天有八根柱子支撑着。八柱,也叫八极。当——承担,支撑。

〔6〕 际——边。

〔7〕 安——如何。属(主 zhǔ)——连接。

〔8〕 隅——角落。隈(威 wēi)——弯曲的地方。

【译文】

老天共有九层,

是谁经营测量的?

这个样子有什么用处,

是谁最早动手兴建的?

轮毂上的绳子拴在何处?

天的极顶又安装在哪儿?

八根擎天柱如何顶住?

天的东南角何以倾塌?

九重天的边缘延伸到何方?

它依托连接在什么东西上?

天边有多少的弯曲和角落,

谁能算清楚这笔账?

天何所沓[1]？十二焉分[2]？

日月安属？列星安陈？

出自汤谷[3],次于蒙汜[4];

自明及晦,所行几里?

夜光何德[5],死则又育?

厥利维何[6],而顾菟在腹[7]?

【解释】

〔1〕 沓(踏 tà)——相合。

〔2〕 十二——古代天文学家把天上星宿方位划为十二个大区。焉——怎样,如何。

〔3〕 汤谷——即旸谷,传说日出的地方。

〔4〕 次——停宿。蒙汜(寺 sì)——水名,传说日落的地方。汜,作水边讲。

〔5〕 夜光——月亮。德——功能,本领。

〔6〕 厥——其。指月。

〔7〕 顾菟——月中兔子的名,即蟾蜍。菟,就是"兔"字。

【译文】

天在何处与地相合?

十二区如何划分?

日月附在什么东西的上面?

星宿何以陈列得错落有致?

太阳早上从汤谷出来,

晚上停宿在蒙汜;

从天明到天黑,

它要走多少里路?

月亮有什么本领,

死后又能复苏?

顾兔生在肚子里,

对它有什么用处?

女岐无合[1],夫焉取九子?

伯强何处[2]?惠气安在[3]?

何阖而晦[4]?何开而明?

角宿未旦[5],曜灵安藏[6]?

【解释】

〔1〕 女岐——神女。合——配合,合婚的意思。

〔2〕 伯强——疫鬼。

〔3〕 惠气——瑞气。

〔4〕 阖(合 hé)——关闭。

〔5〕 角宿——星名,二十八宿之一,清晨位在东方。这里借指东方。旦——天亮。

〔6〕 曜灵——太阳。藏——就是"藏"字。

【译文】

女岐没有丈夫，

怎么生了九个儿子？

疫鬼伯强住在哪儿？

祥瑞的惠气又停留在何处？

何以天门关闭起来就黑暗？

何以天门打开了就亮光？

东方没有亮的时候，

太阳又藏在什么地方？

不任汩鸿[1]，师何以尚之[2]？

佥曰何忧[3]，何不课而行之[4]？

鸱龟曳衔[5]，鲧何听焉[6]？

顺欲成功，帝何刑焉[7]？

永遏在羽山[8]，夫何三年不施[9]？

伯禹腹鲧[10]，夫何以变化？

纂就前绪[11]，遂成考功[12]；

何续初继业[13]，而厥谋不同[14]？

洪泉极深[15]，何以窴之[16]？

地方九则[17]，何以坟之[18]？

河海应龙[19]，何画何历？

鲧何所营？禹何所成？

【解释】

〔1〕 任——胜任。汩（古 gǔ）——治理，疏通。鸿——读"洪"，大水。

〔2〕 师——众人。尚——推举。

〔3〕 佥（签 qiān）——都。

〔4〕 课——考察。

〔5〕 鸱（痴 chī）——猫头鹰一类的鸟。曳（夜 yè）——拖、拉。

〔6〕 鲧（衮 gǔn）——颛顼（专须 zhuān xū）的后代，禹的父亲。听——听从。

〔7〕 刑——指杀死。据《尚书·尧典》，鲧是被舜杀死的。

〔8〕 殛（饿 è）——绝，丧命。羽山——山名，舜杀死鲧的地方，传说在今山东省。

〔9〕 施——通"弛"，变易，引申作腐烂。

〔10〕 伯禹——即禹。腹鲧——据古代神话说，鲧被杀后，尸首三年不烂，剖开肚子，生出了禹。

〔11〕 纂——继续。就——跟从。绪——事业。

〔12〕 遂——于是。考——已死的父亲。

〔13〕 续初继业——继续先业。

53

〔14〕 厥——其。谋——谋略,办法。

〔15〕 洪泉——大的渊泉。

〔16〕 寘(田 tián)——同"填",用土填塞。

〔17〕 方——比。九则——分上中下九等。则,等。

〔18〕 坟——划分。

〔19〕 应龙——神话中有翼的龙。传说禹治水时,应龙用尾巴划地,划过的地方就成了河流,洪水就排泄出去。

【译文】

尧说鲧不能胜任治水,
众人为什么要加以推举?
大家都说不必担心,
尧为什么不考察一下再作处理?
鸱龟衔草木拉泥土示意筑堤,
鲧何以就从中得到启发并能听从?
顺着众人的心意或许可以成功,
舜为什么要对他判处死刑?
永远弃绝在羽山,
那为什么拖延了三年还不腐烂?
禹竟从死了的鲧的腹中生出,
怎么会有这样的变化?
禹继承着前人的事业,
终于完成他父亲没有完成的功绩;

何以同样是治理洪水，

而禹采取的办法却不一样？

大水非常深，

怎样填平它？

大地分九等，

怎样划分它？

河海里有翼的龙，

划开哪些河道？经过哪些地方？

鲧做了些什么？

禹完成了些什么？

康回凭怒[1]，地何故以东南倾？

九州安错[2]？川谷何洿[3]？

东流不溢，孰知其故？

东西南北，其修孰多[4]？

南北顺椭[5]，其衍几何[6]？

昆仑县圃[7]，其尻安在[8]？

增城九重[9]，其高几里？

四方之门，其谁从焉？

西北辟启[10]，何气通焉？

【解释】

〔1〕 康回——共工名。传说共工与颛顼争帝,怒触不周山,天柱折,地维断,所以大地的东南角倾陷下去。凭——大,盛。

〔2〕 九州——这里代指整个大地。错——通"厝(措 cuò)",安放的意思。

〔3〕 洿(乌 wū)——同"污",深陷的意思。

〔4〕 修——长。

〔5〕 椭(妥 tuǒ)——长圆形。

〔6〕 衍——广大。

〔7〕 昆仑——古代西方的神山。县(玄 xuán)圃——神话中的地名,在昆仑山上。

〔8〕 尻(kāo)——就是屁股。

〔9〕 增城——神话中的城名,在县圃顶上。

〔10〕 不周山的厉风从西北方吹来,按说应关闭增城西北门,现在却敞开着,屈原感到不解。辟——开放。

【译文】

共工怒触不周山,

大地的东南方为什么就倾斜?

九州是怎样布置的?

河谷何以那样深割?

江河东流入海永远装不满,

谁知道其中的缘故？

大地的东西与南北，

各有多少的长度？

南北形成椭圆形，

它的宽度又有几多？

昆仑县圃，

到底坐落在何处？

增城有九层，

它有几里的高度？

昆仑山上的四个门，

专门留给谁进出？

敞开着西北门，

又是留作啥气的通路？

日安不到？烛龙何照[1]？

羲和之未扬[2]，若华何光[3]？

何所冬暖？何所夏寒？

【解释】

〔1〕 烛龙——神名。相传北极日月照不到,烛龙含烛在照耀。

〔2〕 羲和——太阳的驾车人。

〔3〕 若华——若木的花。若木是神话中的树名,它的花会发光。

【译文】

  太阳光哪儿不到?
  哪儿还要烛龙去照耀?
  太阳的车夫还未把鞭扬,
  若木的花何以会发光?
  什么地方冬天温暖?
  什么地方夏天严寒?

  焉有石林[1]?何兽能言[2]?
  焉有虬龙[3],负熊以游[4]?
  雄虺九首[5],倏忽焉在[6]?
  何所不死[7]?长人何守[8]?
  靡萍九衢[9],枲华安居[10]?
  一蛇吞象[11],厥大何如?
  黑水玄趾[12],三危安在[13]?
  延年不死,寿何所止?
  鲮鱼何所[14]?魁堆焉处[15]?
  羿焉彃日[16]?乌焉解羽[17]?

【解释】

〔1〕 石——石树,古代传说在东海或海岛上有石树,大约指珊瑚一类东西。

〔2〕 兽能言——记载不一,如《礼记》:"猩猩能言。"

〔3〕 虬(求 qiú)——无角的龙。

〔4〕 负——背着。游——游泳。

〔5〕 虺(毁 huǐ)——四条腿的蛇。

〔6〕 倏忽——来往飘忽不定。

〔7〕 不死——据《山海经》等书记载,有的地方人长生不死。

〔8〕 长人——传说不一,如说防风氏身长三丈,守封嵎(隅 yú)山。

〔9〕 蘼萍——一种奇异的萍草。萍本来叶小无根,蘼萍则叶大有枝杈。九衢(渠 qú)——形容蘼萍枝杈交错。

〔10〕 枲(徙 xǐ)——一种奇异的麻。麻本来短小,而枲高大如树。

〔11〕 蛇吞象——传说南方有一种巴蛇,能吞象。

〔12〕 黑水——水名。玄趾——黑足,是涉水时被黑水染黑的。

〔13〕 三危——山名,在今敦煌东南,为神话中为西王母取食的青鸟所居。

〔14〕 鲮鱼——传说中的一种怪鱼:人面、人手、鱼身。

59

〔15〕 魁堆——堆,当作"雀"。魁雀是传说中的一种怪鸟:鸡形、白头、鼠脚、虎爪,会吃人。

〔16〕 羿(意 yì)——上古夏代的善射者。传说古代有十个太阳,草木都被烧死,尧命令羿射下其中的九个。 㢙(毕 bì)——射。

〔17〕 乌——传说每个太阳中间都有蹲着的三足乌。解羽——羿射中太阳,乌就死了,羽毛纷纷脱落。

【译文】

　　怎么会有石树成林?
　　哪种野兽能言谈?
　　怎么会有无角的虬龙,
　　出入河海背着黄熊?
　　神异的雄蛇有九个头,
　　来去倏忽住在哪里?
　　什么地方的人长生不死?
　　干吗要长人去看守?
　　神奇的靡草有九个杈,
　　奇异的枲花又长在哪儿?
　　有一种巨蛇能吞下象,
　　它到底有多大的模样?
　　能染人脚的黑水在哪儿?
　　青鸟居住的三危山又在何处?

黑水边的木禾吃了长生不死,

那他们的寿命到什么时候为止?

奇怪的鲮鱼在什么地方?

会吃人的魁雀又在何处?

羿到底是怎样射日?

乌鸦的羽毛又是如何散失?

帝降夷羿[1],革孽夏民[2]。
胡射夫河伯[3],而妻彼洛嫔[4]?
冯珧利决[5],封豨是射[6]。
何献蒸肉之膏[7],而后帝不若[8]?
浞娶纯狐[9],眩妻爰谋[10]。
何羿之射革,而交吞揆之[11]?

【解释】

〔1〕 帝——帝俊,传说是殷民族信奉的上帝。夷羿——就是羿。

〔2〕 革——除。孽——忧患。

〔3〕 河伯——河神。传说河伯化白龙游于河边,被羿射瞎左眼。

〔4〕 洛嫔——洛妃、宓(密 mì)妃,她是洛水的神。

〔5〕 冯——大。珧(摇 yáo)——弓名。传说羿的宝

弓叫珧弧。决——通"抉",扳指。扣弦时戴在右大拇指上。

〔6〕 封豨(希 xī)——大野猪。

〔7〕 蒸——冬祭。

〔8〕 后帝——天帝。若——顺。

〔9〕 浞(浊 zhuó)——寒浞,羿篡夏立国以后的大臣。纯狐——羿的妻子。

〔10〕 眩(旋 xuàn)——惑乱。爰——于是。谋——图谋,阴谋。指寒浞谋杀了羿。

〔11〕 交——疑作"反"。吞揆(葵 kuí)——破灭的意思。

【译文】

上帝降生羿,
为了解除夏民的忧虑;
但他为什么要射瞎河伯,
而与河伯的洛妃做夫妻?
羿拿起大弓套上扳指,
射死害人的大野猪;
为什么用肉膏来献祭,
而上帝仍然不乐意?
寒浞娶了羿妻纯狐,
就与昏乱的妻子合谋;

为什么能射穿革的羿,

权位反而遭到人家吞灭?

阻穷西征[1],岩何越焉?

化为黄熊[2],巫何活焉?

咸播秬黍[3],莆雚是营[4]。

何由并投[5],而鲧疾修盈[6]?

【解释】

〔1〕 阻——险。穷——穷极。

〔2〕 黄熊——就是黄龙。传说舜杀鲧于羽山,鲧死后化为黄熊,跃入羽渊。

〔3〕 秬(巨 jù)——黑黍。

〔4〕 莆——同"蒲",水草,可织席。雚——就是"莞(官 guān)",草名,也可织席。营——耕种。郭沫若以为当读"耘",除草的意思。

〔5〕 并投——(和其它凶害)一同投弃,就是诛杀、惩罚的意思。

〔6〕 疾——罪恶,或作"痛恨"讲。修——长。盈——满。

【译文】

鲧死后向西奔穷极险阻,

高山峻岭如何飞渡?

化为黄龙跃入羽渊,

巫者怎能使他再现?

鲧教大家播种黑黍,

生长蓖藿的废地都可种植。

何以多人一同遭到惩罚放逐,

难道鲧的罪行擢发难数?

白蜺婴茀[1],胡为此堂?

安得夫良药[2],不能固臧[3]?

天式从横[4],阳离爰死[5]。

大鸟何鸣?夫焉丧厥体?

蓱号起雨[6],何以兴之?

撰体协胁[7],鹿何膺之[8]?

鳌戴山抃[9],何以安之?

释舟陵行[10],何以迁之[11]?

【解释】

〔1〕 白蜺——就是白霓裳,嫦娥的服装。蜺,同"霓"。婴——通"缨",首饰系在颈上。茀(弗 fú)——

首饰。

〔2〕 良药——传说羿从西王母处得到长生不死药,嫦娥偷吃后奔月。

〔3〕 固臧——隐藏,这里是安居华堂的意思。臧,同"藏"。

〔4〕 式——法则。从横——即纵横,形容不可抗拒。

〔5〕 爰——于是。

〔6〕 蓱(平 píng)号——雨师名。

〔7〕 撰——同"巽(迅 xùn)",柔顺、懦弱的意思。协——合、和,也有柔和的意思。胁(斜 xié)——从腋下到腰上的部分。这一句和下句是写风伯。

〔8〕 鹿——古代神话中把风伯描写成类似鹿形。膺——接受。或疑作"应"。

〔9〕 鳌(敖 áo)——传说海里的大龟。抃(卞 biàn)——就是抃舞,鼓掌跳舞。

〔10〕 释——舍去。舟——疑喻龟。陵——山岭。

〔11〕 迁——移动,传说东海有五座大山,由十五只大龟分别顶着,后大龟被龙伯国的女人钓去六只,六只龟所顶托的岱舆、负峤两座大山便漂到北极,沉入大海。

【译文】

嫦娥打扮得十分漂亮,
为什么有这般华丽的厅堂?

65

她何以得到不死之药，

不能安居华堂而奔上月亮？

自然的法则难于抗拒，

一离开阳气，生物就要死亡。

神鸟为什么要鸣叫，

它怎么也免不了把命丧？

雨师萍号主管降雨，

云雨到底是怎样兴起？

风伯体态柔顺像只鹿，

何以能承受起风暴的重托？

大龟顶着大山跳舞，

大山怎么会稳固？

失去了载负者的山岳，

何以能在水上漂浮？

汤谋易旅[1]，何以厚之？

覆舟斟寻[2]，何道取之？

桀伐蒙山[3]，何所得焉？

妹嬉何肆[4]，汤何殛焉[5]？

舜闵在家[6]，父何以鳏[7]？

尧不姚告[8]，二女何亲[9]？

厥萌在初[10]，何所亿焉[11]？

璜台十成[12],谁所极焉?

【解释】

〔1〕 汤——疑作"浇(傲 ào)",寒浞之子。易——治理。旅——军队。

〔2〕 斟寻——古国名,在今山东省。

〔3〕 蒙山——古国名。

〔4〕 妺嬉——就是妹喜,桀的妃子。因为情意放荡,被桀杀死。

〔5〕 殛(及 jí)——杀死。

〔6〕 闵——忧患,是因为不娶而忧患。

〔7〕 鳏——不娶妻的男子。

〔8〕 姚——舜的姓。

〔9〕 二女——指尧的两个女儿娥皇与女英,嫁给舜为妻。

〔10〕 厥——其,指纣。萌——萌芽,事情刚刚露头时。纣开头要以象牙做筷子,箕子就说:他既要牙箸,必用玉杯。玉杯必然盛熊掌之类珍贵菜肴,进而必然扩建楼台宫室。

〔11〕 亿——预料。

〔12〕 璜——美玉。成——层。

67

【译文】

寒浇谋划整顿他的军队，

老天何以如此厚待？

他打翻了斟寻的船只，

是由哪一条路过来？

夏桀攻打蒙山，

得到了些什么？

妹喜有何放荡的地方？

汤为什么要使夏桀身亡？

舜对父母那么孝顺，

父亲为什么不给他娶妻成双？

尧没有告诉舜家，

何以把两个女儿嫁给舜做妻妾？

纣的奢侈刚刚露出，

他的品德人们何以便能猜测？

玉台建造了十层，

谁知道他将来的归宿？

登立为帝，孰道尚之[1]？

女娲有体[2]，孰制匠之？

舜服厥弟[3]，终然为害；

何肆犬豕[4]，而厥身不危败？

吴获迄古[5],南岳是止[6];
孰期去斯,得两男子[7]?

【解释】

〔1〕 尚——推崇,尊尚。这两句是说女娲继伏羲为帝,而自古没有女子为帝的,所以发问。

〔2〕 体——传说女娲一日七十二变,体态奇异。

〔3〕 服——顺从。弟——舜的弟名象,多次谋害舜夫妇。

〔4〕 肆——放纵。

〔5〕 迄——终止。

〔6〕 南岳——这里泛指长江下游江南一带。

〔7〕 两男子——指泰伯、仲雍。古公病危,打算立小儿子季历为王,长子泰伯和次子仲雍为了让国就托故逃到了吴。

【译文】

女娲被拥立为帝,
推崇她根据什么道理?
女娲形体一日七十二变,
到底是谁制作出来的?
舜尽管那样地顺从他的弟弟,

69

但弟弟终究还要作孽；

为何这种猪狗般的恶人，

却始终保全着性命？

吴是一个古老国家，

立国于南岳山下；

谁料泰伯、仲雍跑到那边，

它却得到两位大贤？

缘鹄饰玉[1]，后帝是飨[2]；

何承谋夏桀[3]，终以灭丧？

帝乃降观[4]，下逢伊挚[5]；

何条放致罚[6]，而黎服大说[7]？

简狄在台喾何宜[8]？玄鸟致贻女何嘉[9]？

该秉季德[10]，厥父是臧[11]；

胡终弊于有扈[12]，牧夫牛羊？

【解释】

〔1〕 缘——也是饰的意思。鹄、玉——都是鼎上的装饰物。这里用华丽的鼎表示精美的肉肴。

〔2〕 后帝——指天帝。飨——供奉。

〔3〕 承谋——承受祖宗的德庇。

〔4〕 帝——指汤。降观——巡视。即下文谈到的

东巡。

〔5〕 逢——相逢,这里是无意中碰上的意思。伊挚——就是伊尹,挚是他的名。他本来是个奴隶,协助汤灭夏桀,担任商初国政。

〔6〕 条——鸣条,地名,汤流放桀的地方。

〔7〕 黎——老百姓。服——顺从。说——通"悦",愉快。

〔8〕 简狄——传说她是上古帝王喾(库kù)的妃子。台——传说简狄在娘家时住在九层高台上。宜——通"仪",配偶。

〔9〕 玄鸟——即燕子。贻——赠送。嘉——吉祥,就是嘉祥得子(名字叫契)的意思。

〔10〕 该——就是王亥,古帝王名。秉——持。季——王亥的父亲,也是殷的先王。

〔11〕 臧——善。

〔12〕 弊——败。有扈——当作有易,夏代国名。传说王亥在有易"服牛",与有易氏私通,被有易君杀掉。

【译文】

夏禹用华贵的祭器,
虔敬地供献天帝;
何以他的后代桀不能继承他的庇佑,
终于身亡而失去了社稷?

71

汤帝下来视察,

不料碰到伊尹这位贤臣;

为什么把桀流放鸣条,

老百姓十分高兴?

简狄住在九层瑶台上,

帝喾怎能和她成夫妻?

玄鸟送来一对卵蛋,

她怎么吞下就生下了契?

王亥秉承了父亲王季的美德,

为他父亲的优点所赞赏;

为什么他在有易国放牧牛羊,

最终也免不了被杀身亡?

成汤东巡[1],有莘爰极[2];

何乞彼小臣[3],而吉妃是得[4]?

水滨之木,得彼小子[5];

夫何恶之[6],媵有莘之妇[7]?

汤出重泉[8],夫何罪尤[9]?

不胜心伐帝[10],夫谁使挑之[11]?

【解释】

〔1〕 成汤——即汤,商代的建立者。东巡——向东

巡视。汤在今河南省偃师县,位于有莘西方,所以说向东。

〔2〕 有莘——古国名。在今河南省陈留县。爰——乃。极——到达。

〔3〕 小臣——指伊尹。据说汤向有莘氏要他的奴隶伊尹,有莘氏不给;汤改求婚,有莘氏就用伊尹当陪嫁人送汤。

〔4〕 吉妃——贵夫人。

〔5〕 小子——小男孩。指伊尹。传说伊尹是生在水边的一棵空桑树中。

〔6〕 夫——发语词。恶——厌恶。

〔7〕 媵(映 yìng)——陪嫁的人。

〔8〕 出——释放。夏桀曾把汤囚禁,后来又把他放了。重泉——地名,桀囚汤的地方。

〔9〕 罪尤——罪过。

〔10〕 不胜心——《楚辞补注》:"言汤不胜众人之心。"胜——能够承受,禁得起。伐——讨伐。帝——指桀。

〔11〕 这句意思是说,讨伐桀是由伊尹出谋划策的。

【译文】

成汤巡视东方,

一直走到有莘;

为什么想乞讨小臣伊尹,

却得到一个贵夫人?

73

从水边的桑木中,
得到伊尹小臣;
为什么有莘氏讨厌他,
却把他作了陪嫁人?
汤从囚所重泉被放了出来,
但究竟犯了什么罪过?
他拗不过众人之心去伐桀,
那是让谁所挑拨?

会朝争盟[1],何践吾期[2];
苍鸟群飞[3],孰使萃之[4]?
列击纣躬[5],叔旦不嘉[6];
何亲揆发[7],定周之命以咨嗟[8]?
授殷天下,其位安施?
反成乃亡[9],其罪伊何?
争遣伐器[10],何以行之?
并驱击翼,何以将之?

【解释】

〔1〕 会朝争盟——似应作"会朝请盟"。会朝,聚会。请,告。盟,誓。这里是指武王伐纣的事。武王伐纣,在孟津不期而聚会的有八百多诸侯。他们共同盟誓请战。

〔2〕 践——履行。吾——通"晤"。这句和下句的意思是,伐纣为人心所向。

〔3〕 苍鸟——就是鹰。这里喻伐纣的各路大军。

〔4〕 萃——聚集。

〔5〕 躬——身形,这里指军队的阵形。

〔6〕 叔旦——周公名旦,是武王的弟弟,所以叫叔旦。嘉——赞许。

〔7〕 揆——度谋。

〔8〕 咨嗟(姿接 zī jiē)——叹息声。

〔9〕 反——疑作"及"。

〔10〕 遣——使用。伐器——兵器。

【译文】

八百诸侯会聚誓盟,

何以能不约而同?

士兵像群鹰搏击,

是谁把他们来召拢?

大家一起向纣尸刀砍剑击,

周公并不赞成;

何以又亲自计谋发兵,

在咨嗟之间安定天下?

把管理天下重任授给殷商,

这个王位根据什么来封赏?

75

既成了事实又让它失败,

它的罪过到底在什么地方?

大家争先恐后举起兵器,

是怎样发动的?

大家并驱前进夹击两翼,

又是怎样指挥的?

昭后成游[1],南土爰底[2];

厥利维何[3],逢彼白雉[4]?

穆王巧梅[5],夫何周流[6]?

环理天下[7],夫何索求?

妖夫曳衒[8],何号于市?

周幽谁诛[9],焉得夫褒姒[10]?

天命反侧[11],何罚何佑[12]?

齐桓九合[13],卒然身杀[14]!

【解释】

〔1〕 昭后——周昭王,康王之子,名瑕。后,上古君王之称。成——遂。游——指周昭王末年南巡汉水的事。

〔2〕 爰——乃。底——止。

〔3〕 厥——其。维——语助词。

〔4〕 逢——迎。白雉——野鸟。据说南人上书,愿意献给他白雉,于是他就南巡。这是人民恨他无道的一种诱骗方法。

〔5〕 穆王——昭王之子,名满。梅——通"枚",古代的一种马鞭。巧枚,贪好策马驰骋。

〔6〕 夫——发语词。周流——周游。

〔7〕 理——通"履",引申为足迹所到。

〔8〕 妖夫——传说周幽王时,有童谣预兆周的灭亡。有夫妇二人正应合这个预兆。幽王要杀害他们,他们逃至褒,后褒人献此女,即褒姒,果然因此而亡了西周。妖夫即指这对夫妇。曳衒(夜眩 yè xuàn)——疑作"曳衒",就是相互牵引扶持的意思。

〔9〕 周幽——周幽王。宣王之子,名宫涅。荒淫无道,在位仅十一年,被申侯与犬戎杀于骊山下。

〔10〕 褒姒(包四 bāo sì)——周幽王的妃子。

〔11〕 反侧——反复无常。

〔12〕 佑——保佑。何罚何佑——疑作"何佑何罚"。"罚"与下句"杀"押韵。

〔13〕 齐桓——齐桓公,春秋五霸之一。九合——诸侯以巩固霸业为目的的多次会盟。

〔14〕 身杀——齐桓公死后,诸子争权,尸体在床上停留六十七天不得入殓,以致尸首腐烂,尸首上的虫都爬出门外,这个遭遇与被害差不多。

【译文】

周昭王着手他的游历，

一直走到南国边地；

这对他又有什么大利，

他要去接受荆人贡献的白雉？

周穆王贪好遛马，

他为什么到处周游？

他走遍了天下，

还有什么要寻求？

妖人夫妇相互搀扶，

为何在大街上高声喧呼？

周幽王是谁杀的？

他是怎样得到褒姒？

天命反复无常，

根据什么标准进行惩罚和奖励？

齐桓公九合诸侯，一匡天下，

最后还让他悲惨地死去！

彼王纣之躬^[1]，孰使乱惑？

何恶辅弼^[2]，谗谄是服^[3]？

比干何逆^[4]，而抑沉之^[5]？

雷开何顺[6],而赐封之?

何圣人之一德,卒其异方[7]?

梅伯受醢[8],箕子详狂[9]。

【解释】

〔1〕 躬——本身,其人。

〔2〕 恶(误wù)——憎恨。辅弼(闭bì)——辅佐。

〔3〕 谗——说别人坏话。谄——阿谀奉承。服——信任,用。

〔4〕 比干——纣王时的忠臣。逆——错。

〔5〕 抑——压制。沉——淹没。比干因为忠谏被剖腹杀害。

〔6〕 雷开——纣王时的奸臣。雷开因阿谀纣王而得到赏赐。顺——好。

〔7〕 方——方法,手段。

〔8〕 梅伯——殷诸侯,因向纣进谏而遭害。醢(海hǎi)——把人剁成肉酱。

〔9〕 箕子——纣王叔父,任太师。详——同"佯",假装。箕子向纣进谏不听,只好披发佯狂为奴。

【译文】

那个纣王其人，

是谁使他糊涂昏乱？

他为何憎恶辅佐大臣，

而爱听小人谗诡？

比干做了什么违逆的事，

而遭到纣王的排斥杀害？

雷开做了什么好事，

而受到纣王的赏赐封拜？

为什么圣人的品德一样，

但他们采取的手法却不相同？

梅伯坚持直谏被剁成肉酱，

箕子却因纣王拒谏而装疯！

伯昌号衰[1]，秉鞭作牧[2]；

何令彻彼岐社[3]，命有殷国？

迁藏就岐何能依？殷有惑妇何所讥[4]？

受赐兹醢[5]，西伯上告；

何亲就上帝，罚殷之命以不救？

师望在肆昌何识[6]？鼓刀扬声后何喜[7]？

武发杀殷何所悒[8]？载尸集战何所急[9]？

伯林雉经[10]，维其何故？

何感天抑地[11]？夫谁畏惧？

皇天集命[12]，惟何戒之[13]？
受礼天下，又使至代之[14]？

【解释】

〔1〕 伯昌——周文王。文王名昌，爵号西伯。号——号令。衰——指殷代衰败。

〔2〕 秉鞭——执鞭御驾。牧——奴隶社会和封建社会的统治者把老百姓视作牛羊，任意驱使，做官就叫牧民。

〔3〕 彻——通"撤"，毁掉。岐——地名。在今陕西省。周人曾在此建国。社——土地神主。

〔4〕 惑妇——指妲己。

〔5〕 受——纣的字。兹醢——相传纣王杀了臣子，将肉酱赐给诸侯吃。一说兹读"孳"，"子"的借字。指周文王的儿子伯邑考。据记载，伯邑考给纣当抵押人，替纣驾车，被纣烹成肉膏，还赐文王。

〔6〕 师——太师，古代官名。望——吕望，即姜太公。肆——市。吕望曾在朝歌街市里杀牛。昌——周文王。识——认识。

〔7〕 扬声——就是叫喊。一说古刀柄系铃，抓起刀

来铃就响。后——指周文王。喜——传说文王看见吕望在屠牛就上前问话。吕说：在下面屠牛，在上面可以屠国。文王很高兴，就用了他帮助治国。

〔8〕 武发——周武王名发。殷——指纣王。悒（益 yì）——心里不痛快。

〔9〕 尸——指文王的神主。文王死后不久，武王就载着文王神主去讨伐纣。集——会合。

〔10〕 伯林——疑作"柏林"，即柏树林。雉经——指人吊死后像雉死后勾下头。经，就是吊死。郭沫若引《史记·周本纪》认为：纣王系自焚其珠玉，蒙衣而死。后人误读，故有纣王赴火死之说；纣之死，当亦自经。

〔11〕 感——读"撼"，摇动。抑——按。

〔12〕 集命——赐禄命的意思。以下四句是泛就改朝换代的事来发问。

〔13〕 惟——发语词。戒——警戒，即下文说的被人取代，上一个君王被人取代是对下一个君王的警戒。

〔14〕 至——到。意思是别人来。

【译文】

周文王在殷衰微的时候号令天下，
掌握大权做诸侯之长；
为什么又让他毁弃岐社，

受天命占有殷商?

当初太王搬着宝藏到岐地,众人怎会顺从?

纣王宠爱妲己,讥刺他还有什么用?

纣杀了人将肉酱赐给文王,

文王便向上帝作了控诉;

这事为什么还要惊动上帝,

给殷以无可挽救的重处?

太师吕望在朝歌街上屠牛,文王怎会看上?

吕望弄刀叫卖怎会得文王欣赏?

武王伐纣怎会有那么大的怒气?

他载着文王的神主会战,为何那么着急?

纣王在柏树上吊死,

到底为了什么缘故?

那又为什么摇天撼地的?

又有谁看了会发怵?

上天既然把命运赐给了一个君王,

又如何对他加以惩戒?

既让他管理天下,

为什么又被别人所替代?

彭铿斟雉帝何飨[1]? 受寿永多夫

何长[2]？

中央共牧后何怒[3]？蜂蛾微命力何固[4]？

惊女采薇鹿何祐[5]？北至回水萃何喜[6]？

兄有噬犬弟何欲[7]？易之以百两卒无禄。

【解释】

[1] 彭铿（坑 kēng）——彭祖，姓篯（尖 jiān），名铿，彭是他的封地。斟——调和。飨——祭献。传说铿善于调味做肉汤，献给天帝，天帝就赐他长命。

[2] 寿永多——长命。传说彭祖活八百岁。长——同"怅（唱 chàng）"，不如意、不满足的意思。

[3] 中央——指四海中央土地。后——指天帝。怒——指天帝使改朝换代，惩罚国君。

[4] 蛾——古"蚁"字的省文。

[5] 薇——草名，嫩时可吃。祐——扶助、保护。传说伯夷叔齐不吃周粟，逃到首阳山采薇充饥，有个女人讥刺他们说，草木也属周朝的，他俩只好挨饿；七日后，上天派白鹿来给他俩喂乳。

[6] 萃——聚集。

〔7〕 噬（事shì）犬——会咬人的猛犬。这里指秦景公兄弟的事。

【译文】

彭祖烹调的野鸡上帝何以爱品尝？

他活了八百岁为何还感到惆怅？

下界的人管理自己，上帝为何发脾气？

小小的蜂蚁何以有那么顽强的团结力？

夷齐采薇被女人讽刺，鹿为何来相护？

北行到回水边聚首有什么乐处？

秦景公有猛犬，公子鍼为何一定要？

用百辆车没换到，还把禄位白送掉。

薄暮雷电归何忧？[1]厥严不奉帝何求？[2]

伏匿穴处爰何云[3]？荆勋作师夫何长[4]？

悟过改更又何言[5]？

【解释】

〔1〕 薄暮——傍晚。

〔2〕 奉——持。

〔3〕 伏匿（逆nì）——隐藏的意思。

〔4〕 勋——大的意思。作师——就是兴兵打仗。

〔5〕 悟过改更——指楚怀王。他受张仪的欺骗,到处打仗,后来息兵近十年。

【译文】

傍晚时雷电交加时,我回家何必担忧?
不保持自己的尊严,何必向上帝寻求?
我已藏身山洞,还有什么话好讲?
楚国大打其仗,立国怎么能久长?
楚王如能悔过更改,又何用我来多言!

离　骚

【说明】

　　《离骚》是屈原的代表作,楚辞的代表作,同时也是我国文学史上诗歌的代表作。它是一首极其杰出的自叙性的抒情诗,它在中国文学史上享有崇高的地位。在这首诗中,作者反复地抒发了自己要求革新的政治抱负,热情洋溢地表现了他对祖国对人民的热爱和关怀,愤怒地揭露了楚国最高统治集团的自私和腐朽。作品想象丰富,感情真挚,词藻华美,音节铿锵,充满着积极的浪漫主义精神。这首长诗当作于屈原流放以后稍为靠前的一段时间里。

帝高阳之苗裔兮[1],朕皇考曰伯庸[2]。
摄提贞于孟陬兮[3],惟庚寅吾以降[4]。
皇览揆余初度兮[5],肇锡余以嘉名[6]。
名余曰"正则"兮[7],字余曰"灵均"[8]。

【解释】

〔1〕 高阳——相传是颛顼（专须 zhuān xū）的别号，大概是原始社会的一个部族首领，为楚国的远祖。苗裔（意 yì）——久远的后代子孙。

〔2〕 朕（振 zhèn）——我。皇——光大。考——已去世的父亲。

〔3〕 摄提——摄提格的简称，寅年的别名。贞——正。孟——开端。陬（邹 zōu）——正月的别名。

〔4〕 降——诞生。

〔5〕 皇——就是皇考。览揆（奎 kuí）——观察，衡量。初度——初生的情况。

〔6〕 肇（照 zhào）——开始。锡——赏赐。嘉——美好。

〔7〕 正则——公正的法则，含有"平"的意思。

〔8〕 灵均——美好的平地，含有"原"的意思。

【译文】

我是古帝高阳的远孙啊，
伯庸是我光荣的已故的父亲。
我生在寅年正月里啊，
庚寅日是我的生辰。
父亲察看过我初生时的情况啊，
方才给我个美好的字和名。

给我的名是"正则"啊,
给我的字是"灵均"。

纷吾既有此内美兮[1],又重之以修能[2]。
扈江离与僻芷兮[3],纫秋兰以为佩[4]。
汩余若将不及兮[5],恐年岁之不吾与[6]。
朝搴阰之木兰兮[7],夕揽洲之宿莽[8]。
日月忽其不淹兮[9],春与秋其代序[10]。
惟草木之零落兮,恐美人之迟暮[11]。
不抚壮而弃秽兮[12],何不改乎此度[13]?
乘骐骥以驰骋兮[14],来吾导夫先路!

【解释】

〔1〕 纷——众多。内美——内在的美质。

〔2〕 重——增加。修能——才能。

〔3〕 扈(户 hù)——披在身上。江离——香草名,又称蘼芜。僻——幽僻。芷——香草名,即白芷。

〔4〕 纫——用线联缀。佩——带在身上的东西(作为装饰物)。

〔5〕 汩(古 gǔ)——水流得很快的样子。

〔6〕 与——等待。

〔7〕 搴(千qiān)——拔取。阰(皮pí)——平顶的小山。

〔8〕 揽——采取。洲——水中可居处。宿莽——经冬不死的香草。这两句,朝夕有比喻春冬的意思,采香草有比喻勤奋锻炼才能的含意。

〔9〕 淹——停留。

〔10〕 代序——轮换。

〔11〕 美人——自我比喻。迟暮——比喻年老。

〔12〕 不——何不的省文。抚——凭借。秽——指污秽的行为。

〔13〕 度——态度。

〔14〕 骐骥——良马。驰骋(逞chěng)——快走。

【译文】

　　我既有这样内在的美质啊,
　　同时又炼就处事的才能。
　　用江离和芷草披在肩上啊,
　　把秋兰佩带在腰间联缀成纹。
　　我勤奋进取还怕赶不上啊,
　　担心岁月不肯饶人。
　　清晨攀折小山上的木兰啊,
　　黄昏采摘水边的香草。
　　日月不停地运行啊,

春天去了紧跟着秋天降临。

草木经秋便要凋零啊,

我为青春的逝去担心。

何不趁年富力强时革除弊政啊,

你为什么不舍旧谋新?

骑上良马奔驰啊,

来吧,我愿在前头把路引。

昔三后之纯粹兮[1],固众芳之所在。

杂申椒与菌桂兮[2],岂惟纫夫蕙茝[3]。

彼尧、舜之耿介兮[4],既遵道而得路。

何桀、纣之猖披兮[5],夫唯捷径以窘步[6]?

惟夫党人之偷乐兮[7],路幽昧以险隘[8]。

岂余身之惮殃兮[9]?恐皇舆之败绩[10]。

忽奔走以先后兮,及前王之踵武[11]。

荃不察余之中情兮[12],反信谗而齌怒[13]。

余固知謇謇之为患兮[14],忍而不能

舍也[15]。

指九天以为正兮[16],夫唯灵修之故也[17]。

初既与余成言兮[18],后悔遁而有他[19]。

余既不难夫离别兮,伤灵修之数化[20]。

【解释】

〔1〕 三后——三王,指夏禹、商汤和周文王。纯粹——指品德纯正。

〔2〕 申椒——椒的一种,就是大椒。菌桂——就是肉桂。

〔3〕 夫——那个。蕙——香草名。茝(chǎi)——香草名,即白芷。

〔4〕 耿介——光明正大。

〔5〕 猖——狂妄。披——借作"诐",是偏邪的意思。

〔6〕 捷——简便。径——小路。窘步——困窘失足。

〔7〕 党人——古代专指那些结党营私的小人。偷——苟且。

〔8〕 幽昧——黑暗。隘(爱 ài)——狭窄。

〔9〕 惮(但 dàn)——害怕。殃——灾难。

〔10〕 皇舆——君王的车子,这里借指楚国。败绩——大败。

〔11〕 及——赶上。踵武——踪迹。

〔12〕 荃(全 quán)——香草名,这里代指楚王。中情——内心,本心。

〔13〕 谗——挑拨离间的话。齌(计 jì)怒——盛怒。

〔14〕 謇(剪 jiǎn)謇——发言忠贞鲠直的样子。

〔15〕 舍——中止。

〔16〕 九天——神话认为天有九层。正——读作"证"。

〔17〕 灵修——神明,这里指楚王。

〔18〕 成言——互相约定的话。

〔19〕 遁——逃避。

〔20〕 数(朔 shuò)——屡次。化——变化。

【译文】

　　从前禹、汤、文王的品德多么公正无私啊,
　　那时群贤聚集,诚然像香草繁生于园圃。
　　他们杂集着香椒和肉桂啊,
　　岂止蕙草和茝草般优秀的人物。
　　唐尧、虞舜的光明正直啊,
　　他们沿着正道而登上坦途。
　　夏桀、殷纣多么狂妄邪恶啊,
　　为贪捷径而落得走投无路!

那伙结党营私的小人只知苟安享乐啊,
他们的前程是黑暗而险阻。
不是我怕招灾惹祸啊,
我只怕王朝的颠覆。
前前后后我奔走照料啊,
希望君王赶上先王的脚步。
你不体察我内心的忠诚啊,
反而听信谗言而对我发怒。
我本知道忠言直谏会遭祸啊,
原想忍耐可是忍耐不住。
上指苍天请它给我作证啊,
我的言行都是为了君王的原故。
你本来和我有成约啊,
后来另有打算而追悔当初。
我并不难于和你分离啊,
伤心的是你的反反复复。

余既滋兰之九畹兮[1],又树蕙之百亩[2];
畦留夷与揭车兮[3],杂杜衡与芳芷[4]。
冀枝叶之峻茂兮[5],愿俟时乎吾将刈[6]。
虽萎绝其亦何伤兮[7]?哀众芳之

芜秽[8]。

【解释】

〔1〕 滋——栽培。畹（晚 wǎn）——十二亩或三十亩。九畹是喻其多。下句"百亩"同此。

〔2〕 树——种植。

〔3〕 畦（西 xī）——分垄种植。留夷、揭车——都是香草名。

〔4〕 杜衡——香草名。

〔5〕 冀——盼望。峻——高大。

〔6〕 俟（四 sì）——等待。刈（异 yì）——收割。

〔7〕 萎——枯落。绝——死去。

〔8〕 芜秽——荒芜，引申为变质。这里比喻好人的变节。

【译文】

> 我已经栽了九顷的春兰啊，
> 又把秋蕙成百亩地来种植；
> 分垄种植了留夷和揭车啊，
> 还套种了杜衡和香芷。
> 盼望它们枝高叶茂啊，
> 等待收割的时日。

即使它们枯萎死绝也不要紧啊,

使我痛心的是香草的变质。

众皆竞进以贪婪兮[1],凭不厌乎求索[2]。

羌内恕己以量人兮[3],各兴心而嫉妒。

忽驰骛以追逐兮[4],非余心之所急。

老冉冉其将至兮[5],恐修名之不立[6]。

朝饮木兰之坠露兮,夕餐秋菊之落英[7]。

苟余情其信姱以练要兮[8],长顑颔亦何伤[9]！

揽木根以结茞兮[10],贯薜荔之落蕊[11]。

矫菌桂以纫蕙兮[12],索胡绳之纚纚[13]。

謇吾法夫前修兮[14],非世俗之所服[15]。

虽不周于今之人兮[16],愿依彭咸之遗则[17]。

【解释】

〔1〕 婪(兰 lán)——贪。

〔2〕 凭——满足。厌——饱满。

〔3〕 羌——楚地方言,发语词。恕——揣度。量——估量,推测。恕己量人——以自己的心去揣度别人。

〔4〕 忽——急忙。驰骛(务 wù)——急急奔跑。

〔5〕 冉(染 rǎn)冉——渐渐的意思。

〔6〕 修名——美名。

〔7〕 落英——落花。

〔8〕 信——真诚。姱(夸 kuā)——美好。练要——精粹。

〔9〕 顑颔——(坎汉 kǎn hàn)——面貌憔悴。

〔10〕 结——用绳系上。茝(chǎi)——即白芷,兰槐的根。

〔11〕 薜荔(避利 bì lì)——香草名。蕊——花心。

〔12〕 矫——举起。菌桂——肉桂。

〔13〕 索——编为绳索。胡绳——香草名,叶可作绳。纚(洗 xǐ)纚——花叶整齐下垂的样子。

〔14〕 謇——楚地方言,发语词。夫——语助词。修——贤人。

〔15〕 服——用。

〔16〕 周——适合。

97

〔17〕 彭咸——殷代贤大夫,相传他因为谏君无效,投水自杀。遗则——遗留下来的法则。

【译文】
　　大家都贪婪地争着往上爬啊,
　　利欲熏心而没个满足。
　　还用自己的丑恶来衡量别人啊,
　　都处心积虑地相互忌妒。
　　忙忙碌碌追逐名利啊,
　　那都不是我辈所着急。
　　唯有衰老渐渐来临啊,
　　使我担心自己的好名声难以树立。
　　清早喝着木兰花上落下的露珠啊,
　　傍晚用凋落的菊花充饥。
　　只要我的情操的确坚贞不易啊,
　　即使永远面目憔悴又有什么关系!
　　用树木的须根来编结茝草啊,
　　并把薜荔的花心穿在一起。
　　举起肉桂枝把蕙草联结成串啊,
　　把胡绳草捻成长长的索子。
　　我以古代圣贤为法啊,
　　世间俗人怎能满意?
　　虽然我的行动和现在的人有抵触啊,

我却宁愿遵照彭咸的遗则。

长太息以掩涕兮[1],哀民生之多艰。
余虽好修姱以鞿羁兮[2],謇朝谇而夕替[3]。
既替余以蕙纕兮[4],又申之以揽茝[5]。
亦余心之所善兮,虽九死其犹未悔。
怨灵修之浩荡兮[6],终不察夫民心。
众女嫉余之蛾眉兮[7],谣诼谓余以善淫[8]。
固时俗之工巧兮,偭规矩而改错[9]。
背绳墨以追曲兮,竞周容以为度[10]。
忳郁邑余侘傺兮[11],吾独穷困乎此时也!
宁溘死以流亡兮[12],余不忍为此态也!
鸷鸟之不群兮[13],自前世而固然。
何方圆之能周兮[14],夫孰异道而相安?
屈心而抑志兮,忍尤而攘诟[15]。
伏清白以死直兮[16],固前圣之所厚[17]。

99

【解释】

〔1〕 太息——叹气。涕——眼泪。姚鼐说:"二句疑倒误(即"长太息"句和"哀民生"句应互易),盖"涕"与"替"为韵。

〔2〕 修姱(夸 kuā)——美好的德行。鞿(机 jī)——缰绳。羁——马络头。这句和上句,原文误倒。

〔3〕 謇(俭 jiǎn)——忠诚,正直。谇(岁 suì)——进谏。替——废弃。

〔4〕 纕(香 xiāng)——佩带。

〔5〕 申——加。揽——系结。

〔6〕 浩荡——大水横流,这里指楚王行为放纵,变化无常,毫无思虑。

〔7〕 众女——比喻那班小人们。蛾眉——细长弯曲的眉,比喻自己有美好的品质。

〔8〕 诼(浊 zhuó)——中伤的话。

〔9〕 偭(免 miǎn)——违背。改错——改变正当的措施。错,通"措",措施。

〔10〕 周容——媚俗取巧。

〔11〕 忳(屯 tún)——愁闷。郁邑——不舒畅。侘傺(岔赤 chà chì)——失意貌。

〔12〕 溘(客 kè)——忽然。

〔13〕 鸷(志 zhì)鸟——指鹰隼一类猛禽。

〔14〕 方——比喻君子端正。圆——比喻小人圆滑。

周——配合。

〔15〕 尤——责怪。攘——读作"让",容忍退让的意思。诟(够 gòu)——咒骂。

〔16〕 伏——抱。直——死于直道。

〔17〕 厚——重视、称许的意思。

【译文】

　　我长声叹息止不住泪流满面,
　　可怜人生多么艰难。
　　我虽爱慕崇高行为又能约束自己啊,
　　早上进谏而晚上即被废弃。
　　他们攻击我佩带蕙草啊,
　　又说我系结芷兰。
　　这却是我内心的爱好啊,
　　就是九死不生也不悔怨。
　　怨只怨君王的这般糊涂啊,
　　始终不了解人民的心愿。
　　美女们妒忌我的丰姿啊,
　　造谣中伤说我太妖艳。
　　庸人们本来善于取巧啊,
　　他们违背法度把政令改变。
　　大家背弃绳墨而追求邪曲啊,
　　争着以媚俗取巧为自己处世的要点。

忧愁、抑郁、失望啊，

现在只有我自己的处境最为艰难！

宁愿马上死去而让魂魄到处游荡啊，

苟合取容的丑态我坚决不干！

鹰隼不和燕雀同群啊，

从古以来就是这般。

方和圆怎能相互配合啊？

两种不同的想法怎能彼此相安？

正直的心受到委屈压抑啊，

斥责咒骂都要承担。

抱定清白节操为正义而死啊，

那本为古代贤人所称赞。

悔相道之不察兮[1]，延伫乎吾将反[2]。

回朕车以复路兮，及行迷之未远。

步余马于兰皋兮[3]，驰椒丘且焉止息[4]。

进不入以离尤兮[5]，退将复修吾初服[6]。

制芰荷以为衣兮[7]，集芙蓉以为裳[8]。

不吾知其亦已兮[9]，苟余情其信芳[10]。

高余冠之岌岌兮[11]，长余佩之陆离[12]。

芳与泽其杂糅兮[13]，惟昭质其犹未亏[14]。

忽反顾以游目兮，将往观乎四荒[15]。

佩缤纷其繁饰兮[16]，芳菲菲其弥章[17]。

民生各有所乐兮，余独好修以为常。

虽体解吾犹未变兮[18]，岂余心之可惩[19]。

【解释】

〔1〕 相（象 xiàng）——观看。察——明审。

〔2〕 延伫——久立。反——返。

〔3〕 皋——水边。

〔4〕 丘——小山。焉——语助词。止息——停息。

〔5〕 进不入——不能（在楚君面前）进身献智。以——而。离——同"罹"，遭遇。尤——罪。

〔6〕 复修——重新整理。初服——当初的服饰，这里比喻原来的志愿。

〔7〕 芰（记 jì）——菱。荷——指荷叶。

〔8〕 芙蓉——荷花。衣、裳——古代称上衣为衣，下衣为裳。

〔9〕 不吾知——"不知吾"的倒装句。其、亦——语助词。已——罢了。

103

〔10〕 信——的确。芳——高洁。

〔11〕 岌（及 jí）岌——高的样子。

〔12〕 陆离——光彩闪烁的样子。

〔13〕 泽——读作"殬（妒 dù）"，指腐臭的东西。

〔14〕 昭——光明。亏——亏损。

〔15〕 四荒——四方荒远的地方。

〔16〕 缤纷——盛多的样子。

〔17〕 菲菲——香气浓盛的样子。弥——更加。章——明显。

〔18〕 体解——分割四肢，即死。

〔19〕 惩——戒惧。

【译文】

恨当初没有仔细看准道路啊，
逗留一阵我就往回转。
掉过车来走老路啊，
趁迷路还不太远。
让我的马儿在长满兰草的水边留连啊，
奔跑一阵后再休息在有椒树的小山上。
既然我不能被信用而获罪啊，
还不如急流勇退实现我的宿愿。
我要把菱叶做成上衣啊，
用荷花编织成下裳。

人们不了解我也就算了吧,

只要我的情操是真正的高尚。

我戴着颤巍巍的高冠啊,

我把环佩加长,使它更闪闪发光。

芳香和腐臭尽管混在一起啊,

清白的德操却未亏损半点。

忽然回头转眼四望啊,

我游观的地方将十分遥远。

佩着五色缤纷华丽装饰啊,

浓郁的香气更加明显。

人们各有自己的爱好啊,

我却永远喜爱整洁傲岸。

即使粉身碎骨也不动摇啊,

难道我的心还会怕受人威胁而改变。

女嬃之婵媛兮[1],申申其詈予[2]。

曰:"鲧婞直以亡身兮[3],终然夭乎羽之野[4]。

汝何博謇而好修兮[5],纷独有此姱节[6]?

薋菉葹以盈室兮[7],判独离而不服[8]。

众不可户说兮[9],孰云察余之中情[10]?

世并举而好朋兮,夫何茕独而不予听[11]?"

【解释】

〔1〕 女嬃(须 xū)——屈原的姐姐。婵媛(蝉元 chán yuán)——多情,关怀。

〔2〕 申申——反反复复。詈(利 lì)——责备,引申为劝诫。

〔3〕 鲧(滚 gǔn)——禹的父亲。婞(性 xìng)——同"悻",刚直易怒。亡——同"忘"。

〔4〕 殀(腰 yāo)——早死。羽——羽山,相传在山东蓬莱。

〔5〕 博謇——过多的直言。博,指广泛过多的意思。

〔6〕 姱节——美好的节操,善良的行为。

〔7〕 薋(瓷 cí)——蒺藜。菉(路 lù)——即王刍,俗名竹叶菜。葹(施 shī)——又叫苍耳。这三种草都是恶草,比喻小人。盈——充满。

〔8〕 判——区别。独离——与众不同的意思。服——用。

〔9〕 户说——一家一家去说服。

〔10〕 余——这里是复数代名词,作"我们"讲。

〔11〕 茕(穷 qióng)——单独的样子。

【译文】

  姐姐真是情深意又厚啊,

  她曾一再地告诫过我。

  她说:"鲧就为刚直而忘记了自身啊,

  终于落得个被杀死在羽山的结果。

  你为何忠言无忌而爱好修身自洁啊?

  善良的行为又这么多!

  满屋堆着的净是恶草啊,

  你却与众不同,和它们不肯接近。

  众人无法一一说服啊,

  我们的本心谁能看得清?

  世上人都结党营私啊,

  你为何对我的话总是不听?"

  依前圣以节中兮[1],喟凭心而历兹[2]。
  济沅、湘以南征兮[3],就重华而陈辞[4]:
  "启《九辩》与《九歌》兮[5],夏康娱以自纵[6]。
  不顾难以图后兮,五子用失乎家巷[7]。
  羿淫游以佚畋兮[8],又好射夫封狐[9]。
  固乱流其鲜终兮[10],浞又贪夫厥家[11]。
  浇身被服强圉兮[12],纵欲而不忍[13]。

日康娱而自忘兮,厥首用夫颠陨[14]。

夏桀之常违兮[15],乃遂焉而逢殃[16]。

后辛之菹醢兮[17],殷宗用而不长[18]。

汤、禹俨而祗敬兮[19],周论道而莫差。

举贤而授能兮,循绳墨而不颇[20]。

皇天无私阿兮[21],览民德焉错辅[22]。

夫维圣哲以茂行兮[23],苟得用此下土[24]。

瞻前而顾后兮,相观民之计极[25]。

夫孰非义而可用兮?孰非善而可服[26]?

阽余身而危死兮[27],览余初其犹未悔。

不量凿而正枘兮[28],固前修以菹醢。

曾歔欷余郁邑兮[29],哀朕时之不当。

揽茹蕙以掩涕兮[30],沾余襟之浪浪[31]。"

【解释】

〔1〕 节——节制。中——内心。

〔2〕 喟(愧 kuì)——叹气。凭——愤怒。历兹——到了现在,直至今日。

〔3〕 济——渡水。征——出行。

〔4〕 重华——舜的别号。舜葬于苍梧山(湖南南方)。陈辞——陈述言辞。

〔5〕 启——夏代帝王,禹的儿子。《九辩》、《九歌》——相传是天帝的乐章,被启带到人间,与《楚辞》中的《九辩》、《九歌》名同而实异。

〔6〕 夏康——就是太康,是启的儿子。

〔7〕 五子——太康的五个儿子;相传太康荒淫无度,后羿夺了他的王位,他的五个儿子也逃亡。用——因为。

〔8〕 羿(乂 yì)——夏朝有穷国的君。淫——过度。佚——放纵。畋(田 tián)——打猎。

〔9〕 封——大。

〔10〕 乱流——淫乱之徒。鲜终——少有好结果。

〔11〕 浞(龊 zhuó)——就是寒浞,后羿的臣子。厥——其,指羿。

〔12〕 浇(傲 ào)——浞和羿妻所生之子。被服——穿起衣服,引申为具有。强圉(雨 yǔ)——强壮多力。

〔13〕 不忍——不能自制,欲罢不能。

〔14〕 用夫——因而。颠陨(允 yǔn)——落下。

〔15〕 常违——就是违常,违背正常的道理。

〔16〕 遂——终究。

〔17〕 后辛——殷纣。菹醢(租海 zū hǎi)——肉酱。这里作动词,把人剁成肉酱。

〔18〕 宗——宗祀,这里指王位。

〔19〕 俨（眼 yǎn）——戒惧。祗——敬畏。

〔20〕 循绳墨——遵守法度。颇——偏邪。

〔21〕 阿（婀 ē）——亲近，庇护。

〔22〕 错——同"措"，措置，实施。辅——扶助。

〔23〕 茂行——美好的行为。

〔24〕 苟得——才可以。用——享有。

〔25〕 极——穷尽。

〔26〕 服——用。

〔27〕 玷（店 diàn）——濒于（危险）。

〔28〕 凿——木孔。枘（锐 ruì）——斧柄的尖楔。这句是用不看斧孔的情况就削柄楔插进去，比喻事奉君王的办法不适当。

〔29〕 曾——屡次。歔欷（须西 xū xī）——悲泣的声音。郁邑——即"抑郁"，忧闷的样子。

〔30〕 茹——柔软。

〔31〕 浪浪——泪流不止的样子。

【译文】

用古代圣贤的言行来节制自己啊，
怀着愤怒的心情至今不能除去。
渡过沅水和湘水往南走啊，
我对着虞舜讲讲道理：
"夏启从上帝偷得《九辩》和《九歌》啊，

太康便用它作娱乐来放纵自己。
他不想想以后的危难啊,
弄得五个儿子逃亡不能回到家里。
后羿沉溺在游猎中啊,
最喜欢射那大狐狸。
淫乱的人们不会有好结果啊,
寒浞杀了羿又霸占他的妻。
寒浇自恃勇武多力啊,
放纵嗜欲不肯节制。
天天寻欢作乐忘其所以啊,
他的脑袋因此落地。
夏桀行为总是邪僻啊,
终于为此遭到灾殃。
殷纣把忠良剁做肉酱啊,
王位便因此不能久长。
商汤、夏禹都敬畏戒惧啊,
周初帝王讲究道理完全正当。
他们都提拔贤能啊,
循规蹈矩不走样。
上天对谁都不存私心啊,
看到有德的人就给予扶助。
正因为古代圣王的行为高尚啊,
才能统治天下的疆土。

回顾过去瞻望将来啊，

对人民意图要观察周全。

哪一个不靠正义而能致用啊？

哪一个有业绩而不靠良善？

面临着死亡的危险啊，

我回顾过去的行为也绝不后悔。

不度量方圆就插楔子啊，

前代贤人也正因此而遭罪。

我多次忧闷而悲泣啊，

哀叹我生不逢辰！

拿柔软的蕙草来擦泪啊，

泪珠沾湿了我的衣襟。"

跪敷衽以陈辞兮[1]，耿吾既得此中正[2]。

驷玉虬以乘鹥兮[3]，溘埃风余上征[4]。

朝发轫于苍梧兮[5]，夕余至乎县圃[6]。

欲少留此灵琐兮[7]，日忽忽其将暮。

吾令羲和弭节兮[8]，望崦嵫而勿迫[9]。

路曼曼其修远兮[10]，吾将上下而求索。

饮余马于咸池兮[11]，总余辔乎扶桑[12]。

折若木以拂日兮[13]，聊逍遥以相羊[14]。

前望舒使先驱兮[15]，后飞廉使奔属[16]。

鸾皇为余先戒兮[17]，雷师告余以未具[18]。

吾令凤鸟飞腾兮，继之以日夜。

飘风屯其相离兮[19]，帅云霓而来御[20]。

纷总总其离合兮[21]，斑陆离其上下[22]。

吾令帝阍开关兮[23]，倚阊阖而望予[24]。

时暧暧其将罢兮[25]，结幽兰而延伫[26]。

【解释】

〔1〕 敷（夫 fū）——铺开。衽（任 rèn）——衣的前襟。

〔2〕 耿——明亮。

〔3〕 驷——动词，驾乘四马。虬（求 qiú）——龙类。鹥（衣 yī）——相传是凤凰的一种。这句是说，以虬为马，以凤为车。

〔4〕 溘（克 kè）——很快的意思。埃——尘土。

〔5〕 发轫——抽去横木，启程前进。轫（认 rèn），车前横木，用来阻止车轮移动。苍梧——传说舜的葬地。

〔6〕 县圃——神话中的地名，在昆仑山上。

〔7〕 灵琐——神的宫门。灵，神。琐，门上所刻环形图案。

〔8〕 羲和——神话中太阳的驾车人。弭（米 mǐ）——停止。节——马鞭。

113

〔9〕 崦嵫(烟资 yān zī)——神话中太阳落山之处。迫——近。

〔10〕 曼曼——长远的样子。修——长。

〔11〕 咸池——神话中太阳洗澡的地方。

〔12〕 总——系结。辔(配 pèi)——马缰绳。扶桑——神木名,神话中日出的地方。

〔13〕 若木——神木名,神话中太阳下落的地方。

〔14〕 聊——姑且。相羊——同"徜徉",徘徊,自由自在地往来。

〔15〕 望舒——神话中月神的驾车人。

〔16〕 飞廉——风神。属(主 zhǔ)——跟随。

〔17〕 鸾皇——凤凰。戒——警备。

〔18〕 雷师——雷神。

〔19〕 飘风——旋风。屯——集合。离——读作"丽",附着。

〔20〕 帅——率领。霓——虹。御——读作"迓",迎接。

〔21〕 总总——聚集的样子。

〔22〕 斑——纷乱的样子。陆离——错综缭乱。

〔23〕 帝阍(昏 hūn)——给天帝守门的人。关——门闩。

〔24〕 阊阖(昌合 chāng hé)——天门。

〔25〕 曖(爱 ài)曖——昏暗的样子。罢——终了。

〔26〕 延伫——久站。

【译文】

面向大舜我摊开前襟跪下陈词啊，
很明显我已获得正义。
白龙驾着凤车啊，
我飘忽地离开尘世飞向无际。
早上我从苍梧出发啊，
到县圃日已将夕。
想在神灵门前停留片刻啊，
太阳却匆匆直坠下去。
我想教羲和停鞭慢走啊，
切莫向崦嵫山进逼。
前面的路途又远又长啊，
我将上上下下地追寻真理。
让我的马在咸池喝水啊，
把马缰绳拴在扶桑。
折下若木枝来挡回太阳啊，
我暂且在这里逍遥地徜徉。
我想教前面的望舒做先驱啊，
让飞廉在后面紧步跟上。
教凤凰在前面为我警卫啊，
雷师却说还没做好安排。

我教凤凰高飞啊,

日日夜夜不要懈怠。

旋风结聚不散啊,

率领着云霞迎接来。

乱纷纷地忽散忽聚啊,

忽上忽下闪烁着奇彩。

我要天门的守卫者开门啊,

他靠着门看着我不理睬。

日光渐暗时间已晚啊,

我寄情于幽兰在此久久徘徊。

世溷浊而不分兮[1],好蔽美而嫉妒。
朝吾将济于白水兮[2],登阆风而缫马[3]。
忽反顾以流涕兮,哀高丘之无女。
溘吾游此春宫兮[4],折琼枝以继佩[5]。
及荣华之未落兮,相下女之可诒[6]。
吾令丰隆乘云兮,求宓妃之所在[7]。
解佩纕以结言兮[8],吾令蹇修以为理[9]。
纷总总其离合兮,忽纬繣其难迁[10]。
夕归次于穷石兮[11],朝濯发乎洧盘[12]。
保厥美以骄傲兮[13],日康娱以淫游。
虽信美而无礼兮,来违弃而改求。

览相观于四极兮[14],周流乎天余乃下[15]。

望瑶台之偃蹇兮[16],见有娀之佚女[17]。
吾令鸩为媒兮[18],鸩告余以不好。
雄鸠之鸣逝兮,余犹恶其佻巧[19]。
心犹豫而狐疑兮[20],欲自适而不可[21]。
凤皇既受诒兮[22],恐高辛之先我[23]。
欲远集而无所止兮,聊浮游以逍遥,
及少康之未家兮[24],留有虞之二姚[25]。
理弱而媒拙兮,恐导言之不固[26]。
世溷浊而嫉贤兮,好蔽美而称恶。
闺中既以邃远兮[27],哲王又不寤[28]。
怀朕情而不发兮,余焉能忍而与此终古!

【解释】

〔1〕 溷(魂 hún)——同"浑",污秽。

〔2〕 济——渡水。白水——神话中的水名,源出昆仑山。

〔3〕 阆(郎 láng)风——神话中的山名,在昆仑山上。绁(谢 xiè)——系上。

〔4〕 溘(kè)——忽然。

117

〔5〕 琼枝——玉树枝。继——指增饰。

〔6〕 下女——下界女子。贻（移 yí）——赠送。

〔7〕 丰隆——雷神。宓（伏 fú）妃——相传是伏羲女，为洛水神。

〔8〕 结言——交谈。

〔9〕 蹇（简 jiǎn）修——传说是伏羲的臣子。理——媒人。

〔10〕 纬繣（画 huà）——乖违的意思。迁——迁就，通融。

〔11〕 次——停宿。穷石——山名，相传为后羿所居。这句表示两人淫乱。

〔12〕 洧（伟 wěi）盘——神话中的水名，出于崦嵫山。

〔13〕 保——恃，自恃。厥——其，指宓妃。

〔14〕 览、相、观——都是看的意思，重叠使用，带有看了又看的意味。四极——四方极远之处。

〔15〕 周流——到处游览。

〔16〕 瑶台——用玉造的台。偃蹇——高长的样子。

〔17〕 有娀（嵩 sōng）——古代国名。佚——美好。有娀之佚女——指帝喾（库 kù）的妃子，叫简狄。

〔18〕 鸩（振 zhèn）——相传为羽毛有毒的鸟。

〔19〕 佻巧——轻佻巧诈。

〔20〕 犹豫、狐疑——疑惑不决。

〔21〕 适——去。

〔22〕 凤皇——即玄鸟。相传简狄嫁给帝喾,吃了玄鸟的卵,生下契,是商民族的祖先。受诒——受(帝喾的)委托。

〔23〕 高辛——即帝喾。

〔24〕 少康——夏代中兴的国君,逃亡在外,后来杀了寒浞和过浇,恢复了政权。家——娶妻。

〔25〕 有虞——夏代的诸侯国,姓姚。二姚——有虞国君把两个女儿嫁给了少康。

〔26〕 导言——指媒人说媒时传递双方情意的话语。不固——不牢靠。

〔27〕 邃(遂 suì)——深远。

〔28〕 哲王——指楚王。寤——醒悟。

【译文】

这个世界浑浊善恶不分啊,
总爱妒忌并抹煞别人的长处。
清晨我将渡过白水啊,
登上阆风山把马拴住。
忽然回看就流下眼泪啊,
可叹这高山上没有理想的美女。
我飘然游到春神的宫中啊,
折下玉树枝点缀我的环佩。
趁这玉树枝上的好花还没有零落啊,
我要寻找下界可以接受我赠送的女子。

我教丰隆驾起云彩啊，
去寻找宓妃的住址。
解下香囊来致意啊，
请蹇修做大媒替我说去。
对方的意图不明，若即若离啊，
忽然别扭起来，毫无通融余地。
她黄昏回到穷石山过夜啊，
清晨又洗头在洧盘水里。
她仗着美色骄傲啊，
成天寻欢作乐放荡不羁。
虽然美丽但不守礼法啊，
我只好丢开她更求淑女。
环顾辽远的四方啊，
在天上周游一遍才回旋下降。
遥望高耸的玉台啊，
看到有娀氏的美女正在台上。
我请鸩鸟去做媒啊，
它骗我说她不好。
想请能说善道的雄鸠做媒啊，
我又嫌它诡诈轻佻。
我满心犹豫怀疑啊，
想自己前去又怕不妙。
凤凰已去送过聘礼啊，

恐怕高辛氏赶在我前边把她娶讨。

想远走高飞却又无处安居啊,

只好暂时流浪逍遥。

想趁少康尚未成家啊,

我去求虞国的两位美女。

但是媒人既无能又少口才啊,

恐怕撮合的言辞无力。

世间浑浊而忌害贤人啊,

总喜欢隐没别人的美德而宣扬别人的过失。

这些美女的香闺那样深远难接近啊,

圣明的君王又一味沉迷不觉悟。

抱着满腔的忠贞激情无处诉说啊,

我怎能永远忍耐下去直到最后!

索藑茅以筳篿兮[1],命灵氛为余占之[2]。

曰:"两美其必合兮[3],孰信修而慕之[4]?

思九州之博大兮,岂唯是其有女[5]?"

曰:"勉远逝而无狐疑兮[6],孰求美而释女[7]?

何所独无芳草兮?尔何怀乎故宇[8]?"

世幽昧以眩曜兮[9]，孰云察余之善恶？

民好恶其不同兮，惟此党人其独异[10]。

户服艾以盈腰兮[11]，谓幽兰其不可佩。

览察草木其犹未得兮，岂珵美之能当[12]？

苏粪壤以充帏兮[13]，谓申椒其不芳。

【解释】

〔1〕 索——取来。藑（琼qióng）茅——一种灵草，可作占卜用。以——和。筳（廷tíng）——小竹棍。篿（专zhuān）——楚人用草和竹来占卜叫篿。

〔2〕 灵氛——神巫名，善占卜。

〔3〕 两美——修洁的男子和美女，比喻良臣和贤君。

〔4〕 信修——真正修洁的人。慕——照上下文义，可能是"莫念"二字误合写为一个字。

〔5〕 是——指上述美女所在的地方。女——指上述神女、宓妃、简狄、二姚女等美女。

〔6〕 曰——仍是灵氛的话。连用两个"曰"，古书常有此例。勉——劝你自勉的意思。

〔7〕 释——放弃。女——同"汝"，你。

〔8〕 故宇——故国。

〔9〕 幽昧——昏暗。眩（炫xuàn）曜——眼光迷乱。

〔10〕 党人——一帮小人。

〔11〕 户——人家,指小人。服——佩带。艾——蒿草,恶草。

〔12〕 珵(呈 chéng)——美玉。当——评价,估价。

〔13〕 苏——读"索",索取。充——填满。帏——随身佩带的袋子。

【译文】

　　我找来灵草和细竹啊,
　　请灵氛给我卜个卦。
　　神巫说道:"美好的双方必将结合啊,
　　哪有真正美人而无人爱她?
　　想想天下是多么广大啊,
　　难道仅仅这几个地方才有娇娃?"
　　神巫又说:"奉劝你远走四方不要迟疑啊,
　　哪有寻求修洁君子的人肯放过你?
　　天地间哪儿没有香草啊,
　　你何苦眷恋着旧地?"
　　世界黑暗得让人眼光迷乱啊,
　　谁能分辨我的恶和喜?
　　人们的喜恶本来不一致啊,
　　独有这帮小人更是怪诞。
　　小人都把艾蒿挂满腰间啊,

反说不可佩带的是幽兰。
连草木都不能识别啊,
对美玉怎能评判?
拿着粪土装满香袋啊,
反说申椒气味不芬芳。

欲从灵氛之吉占兮,心犹豫而狐疑。
巫咸将夕降兮[1],怀椒糈而要之[2]。
百神翳其备降兮[3],九嶷缤其并迎[4]。
皇剡剡其扬灵兮[5],告余以吉故[6]。
曰:"勉升降以上下兮,求矩矱之所同[7]。
汤、禹严而求合兮[8],挚、咎繇而能调[9]。
苟中情其好修兮,又何必用夫行媒?
说操筑于傅岩兮[10],武丁用而不疑[11]。
吕望之鼓刀兮[12],遭周文而得举。
甯戚之讴歌兮[13],齐桓闻以该辅[14]。
及年岁之未晏兮[15],时亦犹其未央[16]。
恐鹈鴂之先鸣兮[17],使夫百草为之不芳!"

【解释】

〔1〕 巫咸——殷代神巫。

〔2〕 怀——藏,引申为准备。椒——香品。糈(许xǔ)——祭神用的精米。要——同"邀",迎接。

〔3〕 翳(义yì)——遮蔽。备——全部。

〔4〕 九嶷——山名,在湖南,这里指山神,即楚地的神。缤——盛多的样子。

〔5〕 皇——指百神。剡(眼yǎn)剡——发光的样子。扬灵——就是显圣。

〔6〕 吉故——过去有的佳话。

〔7〕 矩矱(货huò)——喻法度。

〔8〕 合——志同道合。

〔9〕 挚——汤臣伊尹。咎繇(高摇gāo yáo)——禹臣皋陶(摇yáo)。调——和谐。

〔10〕 说(悦yuè)——殷朝贤人傅说。傅岩——地名,在今山西省陆平县。相传傅说在此筑墙居住。

〔11〕 武丁——殷朝君王。

〔12〕 吕望——即姜太公,周初的贤人。鼓刀——动刀。姜太公曾当过屠夫。

〔13〕 甯戚——春秋时齐国贤人。讴歌——唱歌。相传甯戚在齐国京城东门外饲牛,用手敲打牛角而歌,齐桓公闻其声,知道他有大才,就用他为卿。

〔14〕 该辅——备辅佐的人选。

125

〔15〕 晏——迟晚。

〔16〕 未央——没有完结。

〔17〕 鹈鴂（提决 tí jué）——伯劳鸟。不芳——凋谢,枯萎。比喻年老就来不及了。

【译文】

想听从灵氛占卦的好话啊,
但心里还疑惑不定。
听说巫咸今晚要降临啊,
我抱着香椒精米前往邀请。
众多神灵蔽空齐降啊,
九嶷山神纷纷来迎。
他们神光闪闪地显示精诚啊,
巫咸以前代君臣佳话相告。
他说:"你应该努力上天下地啊,
去寻求政治品德上的同道。
商汤、夏禹严肃地求贤啊,
终于得到贤能的伊尹、皋陶。
只要内心善良而纯洁啊,
又何必要媒人介绍？
傅说本在傅岩筑墙啊,
武丁重用他毫不犹豫。
吕望本是屠夫啊,

遇到周文王就得到抬举。

甯戚喂牛唱歌啊，

齐桓公便请他来辅助自己。

趁现在还年轻有为啊，

大好时光尚有余裕。

只怕伯劳叫得太早啊，

百草都将因而干枯！"

何琼佩之偃蹇兮[1]，众薆然而蔽之[2]。

惟此党人之不谅兮[3]，恐嫉妒而折之。

时缤纷其变易兮，又何可以淹留[4]？

兰芷变而不芳兮，荃蕙化而为茅[5]。

何昔日之芳草兮，今直为此萧艾也[6]？

岂其有他故兮？莫好修之害也！

余以兰为可恃兮[7]，羌无实而容长[8]。

委厥美以从俗兮[9]，苟得列乎众芳。

椒专佞以慢慆兮[10]，樧又欲充夫佩帏[11]。

既干进而务入兮[12]，又何芳之能祗[13]？

固时俗之流从兮，又孰能无变化？

览椒兰其若兹兮，又况揭车与江离[14]？

惟兹佩之可贵兮，委厥美而历兹。

127

芳菲菲而难亏兮,芬至今犹未沫〔15〕。

和调度以自娱兮〔16〕,聊浮游而求女。

及余饰之方壮兮〔17〕,周流观乎上下。

【解释】

〔1〕 琼佩——玉佩。用美玉比喻自己的美德。偃蹇——众盛的样子。

〔2〕 菱(爱 ài)然——被遮蔽的样子。

〔3〕 谅——信用。

〔4〕 淹——停留。

〔5〕 茅——茅草,恶草,比喻小人。这两句是说许多好人蜕变为小人(只有自己忠贞不变)。

〔6〕 直——简直,形容变化太快。萧、艾——都是有怪味的恶草。

〔7〕 可恃——可靠。

〔8〕 羌——语助词。容长——外表很好。

〔9〕 委——抛弃。从——追随。

〔10〕 专——专横。佞——奸巧会说。慢慆(滔 tāo)——傲慢。

〔11〕 榝(杀 shā)——恶木名。充——填入,置身。夫——语助词。佩帏——佩带的香囊。

〔12〕 干进——追求向上爬。务入——和"干进"意

128

思相同。

〔13〕 祗——读做"振",是振作的意思。

〔14〕 揭车、江离——都是一般略带香味的草,比椒兰等而下之。

〔15〕 沫(末 mò)——消散。

〔16〕 和——指节奏和谐。调度——指行走时玉佩铿锵声和步伐搭配。

〔17〕 方——正在。壮——盛。

【译文】

　　我的玉佩何等高贵多彩啊,
　　因为大家都想把它掩蔽。
　　这帮小人没有信用啊,
　　恐怕出于嫉妒要把它毁弃。
　　时世纷乱变化无常啊,
　　我又怎么可以在这里留居?
　　兰草芷草失掉了香味啊,
　　荃草蕙草也变成茅莠。
　　为什么从前的香草啊,
　　到如今都变成了萧艾,充满臭气?
　　岂有什么别的原故啊?
　　无非是他们不肯自爱自励!
　　我本以为兰草可以依靠啊,

129

谁知道它华而不实。

抛弃美德去追随世俗啊，

勉强列入众芳的队伍。

香椒变得专横、傲慢啊，

连樧木也妄想进入香袋里。

既然这么热衷钻营啊，

那还有什么香草能扬芬吐蕊？

世人本来就随波逐流啊，

谁还能够不动摇地坚持？

看到香椒兰草尚且如此，

更何况揭车和江离？

独有我的环佩真可贵啊，

保持它的美德直到此时。

香气浓郁从不减弱啊，

到今天尚未消失。

我调度和谐地自我娱乐啊，

为寻求美女而飘流远地。

趁现在服饰正当盛美啊，

我要上天下地周游不息。

　　灵氛既告余以吉占兮，历吉日乎吾将行[1]。

折琼枝以为羞兮[2],精琼靡以为粻[3]。

为余驾飞龙兮,杂瑶象以为车[4]。

何离心之可同兮？吾将远逝以自疏[5]。

邅吾道夫昆仑兮[6],路修远以周流。

扬云霓之晻蔼兮[7],鸣玉鸾之啾啾[8]。

朝发轫于天津兮[9],夕余至乎西极。

凤皇翼其承旂兮[10],高翱翔之翼翼[11]。

忽吾行此流沙兮[12],遵赤水而容与[13]。

麾蛟龙使梁津兮[14],诏西皇使涉予[15]。

路修远以多艰兮,腾众车使径待[16]。

路不周以左转兮[17],指西海以为期[18]。

屯余车其千乘兮,齐玉轪而并驰[19]。

驾八龙之婉婉兮[20],载云旗之委蛇[21]。

抑志而弭节兮,神高驰之邈邈[22]。

奏《九歌》而舞《韶》兮[23],聊假日以婾乐[24]。

陟升皇之赫戏兮[25],忽临睨夫旧乡[26]。

仆夫悲余马怀兮,蜷局顾而不行[27]。

【解释】

〔1〕 历——选择。

131

〔2〕 羞——肉脯,精美的肉菜。

〔3〕 精——捣细。糜(迷 mí)——细末。粻(张 zhāng)——粮食。

〔4〕 杂——杂用。瑶——美玉。象——象牙。

〔5〕 逝——去。自疏——自行与世疏远。

〔6〕 邅(占 zhān)——回转。

〔7〕 晻(掩 yǎn)蔼——云彩蔽天的样子。

〔8〕 鸾——车铃,作鸾鸟形状。啾(究 jiū)啾——这里指铃声。

〔9〕 发轫——启程,出发。天津——天河的渡口,在天的东面。

〔10〕 翼——这里作动词用,如翅膀般地张开。旂(旗 qí)——画有图形的旗子。

〔11〕 翼翼——严整的样子。

〔12〕 流沙——我国西北方沙漠起风时会流动,所以叫流沙。

〔13〕 赤水——神话中的水名,出昆仑山。容与——从容不迫的样子。

〔14〕 麾——读作"挥",指挥。梁——这里作动词用,搭桥。

〔15〕 诏——命令。西皇——西方的神。涉——渡水。

〔16〕 腾——快走。

〔17〕 不周——神话中的山名,在昆仑山西北。

〔18〕 西海——神话中的西方的海。期——目的地。

〔19〕 轪(带 dài)——车轮的别名。

〔20〕 婉婉——龙身弯曲的样子。

〔21〕 委蛇(移 yí)——旌旗飘动的样子。

〔22〕 邈(秒 miǎo)邈——遥远的样子。

〔23〕 《九歌》——指启的《九歌》。《韶》——舜的舞乐。

〔24〕 婾——借作"愉",快乐的意思。

〔25〕 陟(志 zhì)——上升。升皇——东升的太阳。赫戏——光明的样子。

〔26〕 临——居高临下的意思。睨(泥 ní)——斜视。

〔27〕 蜷(拳 quán)局——曲身。顾——回头。

【译文】

　　灵氛已把吉卦告诉了我啊,
　　我选个好日子准备上路。
　　折下玉树枝做肉脯啊,
　　把美玉捣成细末作粮食。
　　为我驾起飞龙啊,
　　车上用玉和象牙来装饰。
　　两人心灵不同怎能相处啊?
　　我将远走高飞踏上征途。

133

我把行程转向昆仑山啊，
在漫长的路上随处遨游。
云霞飞扬遮住日光啊，
车上的玉铃响声啾啾。
清晨从天河渡口出发啊，
傍晚我就到了最远的西边。
凤凰展翅承奉旌旗啊，
飞得又高又整齐庄严。
我忽然到了沙漠地带啊，
沿着赤水走得安闲。
指挥蛟龙搭起桥梁啊，
命令西皇渡我到对岸。
路途遥远而又艰险啊，
招呼众车在路旁稍待。
经过不周山向左转啊，
指定西海作为相会的地点。
再把成千辆车子集合起来啊，
并排着玉轮飞驰向前。
看八龙驾车分外婉转啊，
云霞般的旗帜随风招展。
且抑制一下壮志缓缓而行吧，
但心神驰骋想得又广又远。
奏着《九歌》舞起《九韶》啊，

且借着大好时光来欢乐一番。

东升的太阳照得一片光明啊，

我忽然向下瞥见了故乡。

仆从的人悲伤，马也有所怀念啊，

大家退缩回顾都不肯向前。

乱曰：已矣哉[1]！

国无人莫我知兮[2]，又何怀乎故都[3]？

既莫足与为美政兮，吾将从彭咸之所居[4]！

【注释】

〔1〕 乱——乐曲的最后一节（尾声）叫"乱"。

〔2〕 莫我知——是"莫知我"的倒装句，不理解我的意思。

〔3〕 故都——国都，实指楚怀王等掌权者。

〔4〕 彭咸——商朝的一个大夫，因直谏不听，投水而死。

【译文】

[尾声]算了罢！

国内没有人理解我啊，

我又何必思念着国都？
既然不能和他们同推行理想的政治，
我只好跟彭咸走一条路！

九 章

【说明】

《九章》包含九篇较短的诗,大都作于屈原被放逐以后,是后人编辑在一起的。它们所表达的作者的思想情感,和《离骚》差不多。不过,《离骚》是作者对自己的身世进行综合性的描述,又多通过神话传说来表达自己奇特的幻想;而在《九章》里,作者多撷取自己实际政治生活的某一片断,抒情比较直率。这里选录了四篇。

涉 江

余幼好此奇服兮,年既老而不衰。
带长铗之陆离兮[1],冠切云之崔嵬[2],
被明月兮珮宝璐[3]。

世溷浊而莫余知兮[4],吾方高驰而不顾[5]。

驾青虬兮骖白螭[6],吾与重华游兮瑶之圃[7]。

登昆仑兮食玉英[8],

与天地兮同寿,与日月兮齐光。

哀南夷之莫吾知兮[9],旦余将济乎江湘[10]。

乘鄂渚而反顾兮[11],欸秋冬之绪风[12]。

步余马兮山皋,邸余车兮方林[13]。

乘舲船余上沅兮[14],齐吴榜以击汰[15]。

船容与而不进兮[16],淹回水而凝滞[17]。

朝发枉陼兮[18],夕宿辰阳[19]。

苟余心其端直兮,虽僻远之何伤!

入溆浦余儃佪兮[20],迷不知吾所如[21]。

深林杳以冥冥兮[22]，乃猿狖之所居[23]。

山峻高以蔽日兮，下幽晦以多雨。

霰雪纷其无垠兮[24]，云霏霏而承宇[25]。

哀吾生之无乐兮，幽独处乎山中。
吾不能变心而从俗兮，固将愁苦而终穷。
接舆髡首兮[26]，桑扈裸行[27]。
忠不必用兮，贤不必以[28]。
伍子逢殃兮[29]，比干菹醢[30]。
与前世而皆然兮[31]，吾又何怨乎今之人！
余将董道而不豫兮[32]，固将重昏而终身[33]！

乱曰：鸾鸟凤皇[34]，日以远兮。
燕雀乌鹊，巢堂坛兮[35]。
露申辛夷[36]，死林薄兮[37]。
腥臊并御[38]，芳不得薄兮[39]。
阴阳易位[40]，时不当兮。[41]
怀信侘傺[42]，忽乎吾将行兮[43]。

139

【说明】

《涉江》是《九章》中的第二篇,作于屈原放逐到江南以后。篇中叙述了他从鄂渚到溆浦的一段行程,抒写了他被放逐后的忧郁心情,以及对黑暗政治的不满和坚持斗争的决心。

【解释】

〔1〕 铗(夹 jiá)——剑柄,这里指剑。陆离——光彩闪烁的样子。

〔2〕 冠——帽子,这里作动词用,戴。切云——高触云霄,这里是一种帽子的名字。崔嵬(围 wéi)——高耸的样子。

〔3〕 被(批 pī)——同"披",披在身上。明月——珠名,相传为古代随侯所得。珮——同"佩",佩带。璐(路 lù)——美玉。

〔4〕 溷(魂 hún)——同"浑",污秽。莫余知——是"莫知余"的倒装句。

〔5〕 方——正,刚刚。高驰——远走高飞的意思。顾——回头。

〔6〕 虬(求 qiú)——传说有角的龙。骖(参 cān)——驾车的四匹马中,在两边的叫作"骖"。螭(痴

chī)——传说没有角的龙。

〔7〕 重华——舜的别号。瑶之圃——玉树的园子。

〔8〕 玉英——玉树的花。

〔9〕 南夷——南方未开化的人,这里指作者将被流放的地方。

〔10〕 济——渡水。

〔11〕 乘——登。鄂渚——在今湖北省武汉市武昌。

〔12〕 欸(哀 āi)——叹气。绪风——指冬天遗留下来的寒风。绪,余。

〔13〕 邸(抵 dǐ)——停放。方林——地名。

〔14〕 舲(零 líng)船——有窗的船。上——逆流而上。沅——水名,在湖南省。

〔15〕 齐——同时并举。吴——即"艅",也是船。榜——船桨。汰(太 tài)——水波。

〔16〕 容与——从容不迫的样子。

〔17〕 淹——停留。回水——回旋的水。凝滞——停止不动的意思。

〔18〕 柱𥻦(主 zhǔ)——水名,在今湖南省常德市南。

〔19〕 辰阳——在今湖南省辰溪县。

〔20〕 溆(叙 xù)浦——在今湖南省溆浦县。儃佪(蝉怀 chán huái)——徘徊不进。

〔21〕 如——往。

〔22〕 杳(咬 yǎo)——深远。冥冥——黑乎乎的

样子。

〔23〕 狖(又 yòu)——长尾猿。

〔24〕 霰——雪珠。垠(银 yín)——边际。

〔25〕 霏霏——云气弥漫的样子。宇——屋檐。

〔26〕 接舆——春秋末楚国贤人。髡(昆 kūn)首——古时的刑罚,剃发。接舆愤世把自己的头发剃掉。

〔27〕 桑扈——古代隐士。裸行——赤身露体行走。

〔28〕 以——用。

〔29〕 伍子——伍子胥,吴国贤臣,吴王夫差迫他自杀。殃——灾难。

〔30〕 比干——殷末贤臣,被纣剖心而死。菹醢(租海 zū hǎi)——剁成肉酱。

〔31〕 与——读作"举",整个的意思。

〔32〕 董——正。豫——疑惑。

〔33〕 重昏——黑暗重重。

〔34〕 乱——乐曲的末段。鸾鸟——凤类的鸟。

〔35〕 巢——作动词用,筑巢。堂坛——殿堂庭院。比喻朝廷。

〔36〕 露申——瑞香花。辛夷——香木名,又叫作木笔。

〔37〕 薄——深密的草地。

〔38〕 御——进用。

〔39〕 薄——亲近,靠近。

〔40〕 阴——黑暗，比喻小人。阳——光明，比喻贤人。

〔41〕 时不当——没有遇上好时机。

〔42〕 侘傺（岔赤 chà chì）——失意。

〔43〕 忽——飘忽、迅速。

【译文】

我从小就喜爱奇特的服装啊，
到晚年依然不变换。
身佩奇丽的长剑啊，
还戴着高高的冲天冠。
系上珍贵的美玉啊，
披着明月般的宝珠。
浑浊的世界无人了解我啊，
我正要奔向远方，不再回顾。
青龙驾车啊还有白龙相辅，
我和虞舜啊同游玉树的园圃。
攀登昆仑山顶啊，
用玉树花做食粮。
我要和天地啊一样长寿，
我要和日月啊发出一样的光芒。

可叹南方没有知音啊，

清早我就渡过湘水和长江。

登上鄂渚再回头眺望啊，

唉！秋冬的寒风使人凄凉。

让我的马啊走在山边，

把我的车啊在方林停放。

乘船上溯沅水啊，

船桨齐划，冲击着波浪。

船儿慢慢地不肯前进啊，

在漩涡中迂回荡漾。

清晨从枉陼出发啊，

傍晚留宿在辰阳。

只要我心地正直啊，

虽被放逐到僻远地方又有何妨！

进入溆浦我不免迟疑啊，

我迷失了方向，不知到了哪里？

山林深远又阴暗啊，

这正是猿猴的住地。

山岭高峻遮住了太阳啊，

山下阴沉沉多云雨。

雪珠纷纷无边无际啊，

屋檐下围绕着云气。

可怜我一生毫无乐趣啊,
孤零零地独住在山里。
我不能改变本心去随波逐流啊,
宁肯忧愁痛苦终身失意。
接舆愤世装疯,剃去头发啊,
桑扈穷得衣不蔽体。
忠诚的人不被重用啊,
贤明的人也难以出人头地。
伍子胥遭到灾殃啊,
比干被剁成肉泥。
所有前代的情况都是这样啊,
对现在的人我还有什么怨气!
我要坚持正道毫不犹豫啊,
宁肯一辈子处在黑暗的境地。

[尾声]鸾鸟和凤凰,
越飞越远啊。
燕雀和乌鸦,
筑窠在庭前啊。
瑞香和辛夷,
枯死在林下草间啊。
腥臭的一概进用,
芳香的不得近前啊。

阴阳都倒转,

时代失了正常啊。

胸怀忠信而落得如此失意,

我赶快远走他乡吧!

哀　郢

皇天之不纯命兮[1],何百姓之震愆[2]!

民离散而相失兮,方仲春而东迁。

去故乡而就远兮,遵江、夏以流亡[3]。

出国门而轸怀兮[4],甲之朝吾以行[5]。

发郢都而去闾兮[6],怊荒忽其焉极[7]?

楫齐扬以容与兮[8],哀见君而不再得。

望长楸而太息兮[9],涕淫淫其若霰[10]。

过夏首而西浮兮[11],顾龙门而不见[12]。

心婵媛而伤怀兮[13],眇不知其所跖[14]。

顺风波以从流兮,焉洋洋而为客[15]?

凌阳侯之泛滥兮[16]，忽翱翔之焉薄[17]？

心絓结而不解兮[18]，思蹇产而不释[19]。

将运舟而下浮兮，上洞庭而下江[20]。

去终古之所居兮，今逍遥而来东。

羌灵魂之欲归兮[21]，何须臾而忘反[22]？

背夏浦而西思兮[23]，哀故都之日远。

登大坟以远望兮[24]，聊以舒吾忧心。

哀州土之平乐兮，悲江介之遗风[25]。

当陵阳之焉至兮[26]，淼南渡之焉如[27]？

曾不知夏之为丘兮[28]，孰两东门之可芜[29]？

心不怡之长久兮[30]，忧与愁其相接。

惟郢路之辽远兮，江与夏之不可涉。

忽若去不信兮，至今九年而不复。

惨郁郁而不通兮，蹇侘傺而含戚[31]。

外承欢之汋约兮[32]，谌荏弱而难持[33]。

忠湛湛而愿进兮[34]，妒被离而鄣之[35]。

尧、舜之抗行兮[36]，瞭杳杳而薄天[37]。

众谗人之嫉妒兮[38]，被以不慈之伪名[39]。

憎愠㤅之修美兮[40]，好夫人之慷慨[41]。

众踥蹀而日进兮[42]，美超远而逾迈[43]。

乱曰：曼余目以流观兮[44]，冀一反之何时[45]？

鸟飞反故乡兮，狐死必首丘[46]。

信非吾罪而弃逐兮，何日夜而忘之？

【说明】

《哀郢》是《九章》中的第三篇，也作于屈原放逐以后。有人认为公元前二七八年秦兵攻陷楚国的京城郢（影

yǐng)与本篇有关,这是可信的。篇中表达了作者对祖国的怀念、对人民的同情和对小人们的憎恨。

【解释】

〔1〕 不纯命——失掉常道,厄运。纯,美好,正常。

〔2〕 震——恐惧。愆(千 qiān)——遭到灾难。

〔3〕 遵——沿着。江——长江。夏——夏水,是长江的支流。

〔4〕 轸(枕 zhěn)怀——痛心。轸,痛苦。

〔5〕 甲——古人以干支记日,甲指甲日。

〔6〕 郢(影 yǐng)都——楚国都城,今湖北省江陵县。闾——里门,居住的地方。

〔7〕 怊(超 chāo)——愁思。荒忽——就是"恍惚"。焉——何。极——终止。

〔8〕 楫——船桨。齐扬——并举。

〔9〕 楸(秋 qiū)——一种树木。

〔10〕 涕——流泪。淫淫——多的样子。霰——雪珠。

〔11〕 夏首——即夏口,是夏水入江的地方。浮——乘船航行。

〔12〕 龙门——郢都的东门。

〔13〕 婵媛(蝉元 chán yuán)——情绪波动的样子。

〔14〕 眇——同"渺",远。跖(职 zhí)——脚踏。

〔15〕 焉——语助词。洋洋——飘泊的样子。

〔16〕 凌——乘着（波浪）。阳侯——水波之神，这里指水波。泛滥——波涛汹涌的样子。

〔17〕 焉——何，何处。薄——临，到。

〔18〕 絓（挂 guà）——牵挂。结——郁结。

〔19〕 蹇（简 jiǎn）产——忧郁。释——解开。

〔20〕 上、下——左、右的意思。这时屈原正在今监利，岳阳间，顺江向东走，洞庭在左，江水在右。洞庭——洞庭湖，在今湖南省。

〔21〕 羌——发语词。

〔22〕 须臾（余 yú）——片刻。

〔23〕 浦——水边。西思——想着西方（指郢都）。

〔24〕 大坟——高地。

〔25〕 江介——江畔。介，侧畔。

〔26〕 陵——和"凌"同。阳——即阳侯，指水波。

〔27〕 淼（秒 miǎo）——大水望不到边。焉如——到何处。

〔28〕 夏——"厦"的假借，大屋。这里指郢都宫殿。丘——小山。

〔29〕 孰——怎么。两东门——郢都有两个东门，这里代表郢都。芜——杂草丛生。

〔30〕 怡（宜 yí）——愉快。

〔31〕 蹇——发语词。侘傺（岔赤 chà chì）——失

150

意。戚——忧伤。

〔32〕汋（绰 chuò）约——美好的样子，这里形容媚态。

〔33〕谌（陈 chén）——实在。荏（忍 rěn）弱——软弱。

〔34〕湛（站 zhàn）湛——诚恳厚重的样子。

〔35〕被（批 pī）离——纷乱的样子。鄣——同"障"，遮蔽。

〔36〕抗行——高尚的行为。

〔37〕瞭——眼明。薄——迫近。

〔38〕谗——挑拨离间。

〔39〕被——加上。不慈——父对子不爱护。因为尧舜不传位给儿子而给了贤人，所以被攻击为"不慈"。

〔40〕愠忳（稳轮 wěn lún）——忠诚。

〔41〕夫（扶 fú）——那（些）个。

〔42〕蹀躞（切蝶 qiè dié）——走路轻狂的样子。

〔43〕迈——走开，远行。

〔44〕曼目——纵目，放眼眺望。

〔45〕冀——希望。一反——回去一次。

〔46〕首丘——头向山丘。

【译文】

　　上天降给我们厄运啊，

151

为什么要使百姓这般的遭罪惊慌?
人民流离失散啊,
二月里就逃向东方。
离开了故乡到远处去啊,
沿着长江和夏水流亡。
走出国门我内心悲痛啊,
出发之时正是甲日的早上。
从郢都出发离别了家乡啊,
我心头恍恍惚惚难辨方向。
举起船桨慢慢前进啊,
可怜我再也见不到君王。
望着高大的楸树长叹啊,
眼泪流得好像雪珠。
船过夏口一路自西而来啊,
回看龙门不知在何处!
情绪绵绵心要碎啊,
前途茫茫谁知走到哪里?
顺着风波飘流啊,
飘飘荡荡何处栖息?
乘着浩浩荡荡的波浪啊,
像迷途的鸟究竟飞向何方?
心中疙瘩无法解开啊,
委委屈屈真不舒畅。

撑船顺流而向东啊,
洞庭湖就在长江的左边上。
离开我世世代代的老家啊,
现在流浪到东方。

我的心一直想回去啊,
哪有一时一刻忘记了家园?
背着夏水,心里惦念西方啊,
哀伤的是离国都一天远似一天。
登上高地向远处瞭望啊,
暂且舒散一下内心的忧伤。
可叹这一带曾多么升平快乐啊,
江边还保留着古代的好风俗。

乘着波浪再向哪里去呢?
向南走又将走到哪里?
想不到高楼大厦变成一堆灰土啊,
故都两个东门怎么变成荒芜之地!
心情长久地不舒坦啊,
新忧旧愁紧紧相续。
郢都离得那么遥远啊,
长江和夏水又渡不过去。
想起忽然间被放逐不受信任啊,

离郢都已有九年不能返复。
内心沉痛郁抑想不通啊，
失意时只得含辛茹苦。

有人外表装出一副媚态啊，
其实内心柔弱空虚难以依傍。
我忠心耿耿希望进用啊，
可惜被妒忌者远远阻挡。
尧舜的行为多么崇高啊，
眼光远大直到天上。
可是一伙小人妒忌他们啊，
竟捏造不慈爱的罪名来毁谤。
忠心耿耿的好人被国君憎恨啊，
装出慷慨激昂的人却为他所欣赏。
轻佻的小人们一天天靠近君王啊，
贤良的君子自然远远地站在一旁。

[尾声]我放眼四望啊，
渴望什么时候重返家乡。
鸟儿都要飞回旧巢原地啊，
狐狸临死仍恋着生长的山冈。
我被放逐实在不是我的过错啊，
不论什么时候我对故国都不能遗忘！

怀　沙

滔滔孟夏兮[1]，草木莽莽[2]。

伤怀永哀兮，汩徂南土[3]。

眴兮杳杳[4]，孔静幽默[5]。

郁结纡轸兮[6]，离愍而长鞠[7]。

抚情効志兮[8]，冤屈而自抑。

刓方以为圆兮[9]，常度未替[10]。

易初本迪兮[11]，君子所鄙。

章画志墨兮[12]，前图未改[13]。

内厚质正兮[14]，大人所盛[15]。

巧倕不斵兮[16]，孰察其拨正[17]？

玄文处幽兮[18]，矇瞍谓之不章[19]。

离娄微睇兮[20]，瞽以为无明。

变白以为黑兮，倒上以为下。

凤皇在笯兮[21]，鸡鹜翔舞[22]。

同糅玉石兮[23]，一概而相量[24]。

155

夫惟党人之鄙固兮[25],羌不知余之所臧[26]。

任重载盛兮,陷滞而不济[27]。
怀瑾握瑜兮[28],穷不知所示。
邑犬群吠兮[29],吠所怪也。
非俊疑杰兮[30],固庸态也。
文质疏内兮[31],众不知余之异采。
材朴委积兮[32],莫知余之所有。
重仁袭义兮[33],谨厚以为丰。
重华不可遻兮[34],孰知余之从容?
古固有不并兮[35],岂知其故也?
汤、禹久远兮,邈不可慕也[36]!
惩违改忿兮[37],抑心而自强。
离愍而不迁兮[38],愿志之有象[39]。
进路北次兮[40],日昧昧其将暮[41]。
舒忧娱哀兮,限之以大故[42]。

乱曰:浩浩沅、湘[43],分流汩兮。
修路幽蔽,道远忽兮[44]。
怀质抱情,独无正兮[45]。

伯乐既没[46],骥焉程兮[47]？

民生禀命,各有所错兮[48]。

定心广志,余何畏惧兮？

曾伤爰哀[49],永叹喟兮[50]。

世溷浊莫吾知,人心不可谓兮。

知死不可让,愿勿爱兮。

明告君子:吾将以为类兮[51]！

【说明】

《怀沙》是《九章》中的第五篇,系屈原自沉前不久所作的。他在这里反反复复地诉说了政治的黑暗,如是非颠倒,贤愚不分等。情调有点低沉,但仍然表现出不屈不挠的精神。这首诗句短音促,读来有声咽气吞之感,这正与作者悲愤至极的心情相表里。

【解释】

〔1〕 滔(掏 tāo)滔——和暖。孟夏——初夏,阴历四月。

〔2〕 莽莽——草木茂盛的样子。

〔3〕 汩(古 gǔ)——快速的样子。徂(殂 cú)——往。

〔4〕 眴(顺 shùn)——看望。杳杳——茫茫,看不清的样子。

〔5〕 孔——很。幽默——寂静。

〔6〕 纡——委屈。轸(枕 zhěn)——痛苦。

〔7〕 离——同"罹",遭遇。愍(敏 mǐn)——忧患,苦难。鞠——穷困。

〔8〕 効志——察考自己的意志。効,读作"校",考察。

〔9〕 刓(完 wán)——剜,削。

〔10〕 常度——正常的法则。替——废弃。

〔11〕 本——应当作"卞",是变的意思。迪(笛 dí)——道理。

〔12〕 章——同"彰",明白,明确。画——规划。志——牢记。墨——绳墨,指法度。

〔13〕 前图——原有的图谋。

〔14〕 内厚——内心敦厚。质——品质。

〔15〕 大人——正派的人。盛——赞美。

〔16〕 倕(垂 chuí)——尧时的巧匠。斫(卓 zhuó)——砍开。

〔17〕 拨——弯曲。

〔18〕 玄文——黑色的花纹。幽——暗,指暗处。

〔19〕 矇瞍(蒙叟 méng sǒu)——瞎子。章——文彩。

〔20〕 离娄——相传黄帝时一位视力强的人。睇(地 dì)——斜看。

〔21〕 笯(奴 nú)——竹笼。

〔22〕 鹜（务 wù）——鸭子。

〔23〕 糅——混杂。

〔24〕 概——平斗斛的横木。一概相量——等量齐观。

〔25〕 党人——古代称结党营私的小人。鄙固——鄙陋顽固。

〔26〕 羌——发语词。臧（赃 zāng）——美好。

〔27〕 济——成功。

〔28〕 瑾、瑜——美玉。

〔29〕 邑——村庄。吠——狗叫。

〔30〕 非——诽谤。

〔31〕 文——外表。内——读作讷（呐 nè），木讷，不善说话。

〔32〕 朴——没有雕琢的木材。委积——聚积不用。

〔33〕 重、袭——都是积累的意思。

〔34〕 遻（饿 è）——遇到。

〔35〕 不并——生不同时。

〔36〕 邈——久远。

〔37〕 惩——戒惧。违——通"怟"，是怨恨的意思。

〔38〕 不迁——不改变。

〔39〕 象——榜样。

〔40〕 北次——向北方去找个休息的地方。次，停宿。

159

〔41〕 昧昧——黑暗。

〔42〕 限——到头。大故——死亡。

〔43〕 浩浩——宽广。

〔44〕 远忽——形容遥远。忽,恍惚,看不清。

〔45〕 正——读作"证"。

〔46〕 伯乐——春秋时善于相马的人。

〔47〕 程——衡量,这里是识别的意思。

〔48〕 错——同"措",安排。

〔49〕 曾伤——重重的悲伤。曾,同"增"。爰——读作"咺(选 xuǎn)",哀哭不止。

〔50〕 喟(愧 kuì)——叹气。

〔51〕 类——榜样。

【译文】

四月的天气暖洋洋啊,
草木茂盛地生长。
心里难受,哀痛不止啊,
我急忙地走向南方。
瞻望前途一片茫茫啊,
寂静得毫无声响。
委屈沉痛心发闷啊,
遭受困苦而且日子久长。
扪心自问,检点着壮志啊,

我仍要克制自己,虽然深受冤枉。

要把方木硬削成圆的吗?
正常的法度可不容易改。
要抛掉当初的正路吗?
那将为正人所唾弃。
明确起规划,牢记住法度啊,
从前的打算必须坚持下去。
品性忠厚心地端正啊,
正是贤人所赞美的。
巧匠如果不挥动斧子啊,
谁能分辨木材的直曲?
黑色的花纹放在暗处啊,
瞎子说它色彩不明显。
离娄一瞥就看清啊,
盲人却说他瞎了眼。
白色当成黑色啊,
上下都被搞颠倒。
凤凰关在笼里啊,
却让鸡鸭来舞蹈。
玉和石混在一起啊,
把它们看成是一模一样。
那帮小人卑鄙固执啊,

全不了解我的纯洁高尚。

我的责任重大、担子又重啊，
却陷进了这坎坷的泥坑。
尽管我怀藏珍宝手握美玉啊，
也无法把它们向人献上。
村里的群狗乱叫啊，
因为它们看见什么都觉得怪模怪样。
而诽谤、怀疑俊杰啊，
本是庸人惯有的伎俩。
外表疏放内心倔强啊，
人家都不知道我才干非常。
像未经修整的木材丢弃一旁啊，
人家哪知我内里的珍藏？
我特别注意仁义的修养啊，
对忠厚老实的锻炼特别加强。
虞舜既然不再遇到啊，
谁能理解我极为自信，从容安详？
古来圣君贤相难得同时而生啊，
谁知道这是什么缘故？
商汤、夏禹距今太远啊，
远得使我们没法子追慕。
不要再怨恨愤怒啊，

克制内心,使自己更加坚强。
遭受忧患决不变节啊,
我将永远拿前贤做榜样。
我顺路前进走向北方啊,
暗淡的夕阳忽将落山。
且舒展愁眉,苦中寻乐吧,
死亡的日子已相去不远。

[尾声]浩荡的沅水和湘水,
各自地奔流向前啊。
漫长的道路阴暗多阻,
前途真是渺渺茫茫啊。
我有高洁的品质和情志,
却不为人所知啊。
伯乐已经死去,
千里马谁认识啊。
人生各有各的命运,
各有各的处理啊。
定下心来放宽胸襟,
我有什么可畏惧啊。
重重的忧伤,无尽的哀怨,
我唯有永远地叹息啊。
世道浑浊没有知音,

人心叵测,不堪一提啊。

既知道免不了一死,

对生命我也不再爱惜啊。

明白告诉正直的人士,

我将和前贤一般向前走去啊!

橘　颂

后皇嘉树[1],橘徕服兮[2]。

受命不迁,生南国兮。

深固难徙,更一志兮。

绿叶素荣[3],纷其可喜兮。

曾枝剡棘[4],圆果抟兮[5]。

青黄杂糅,文章烂兮。

精色内白[6],类任道兮[7]。

纷缊宜修[8],姱而不丑兮[9]。

嗟尔幼志,有以异兮。

独立不迁,岂不可喜兮?

深固难徙,廓其无求兮[10]。

苏世独立[11],横而不流兮。

闭心自慎[12],终不失过兮。

秉德无私[13],参天地兮[14]。

愿岁并谢[15],与长友兮。

淑离不淫[16],梗其有理兮[17]。

年岁虽少,可师长兮。

行比伯夷[18],置以为象兮[19]。

【说明】

　　《橘颂》是《九章》中的第八篇。屈原通过对橘树的高贵品质的歌颂,表现了诗人自己坚强的意志和崇高的情操。但诗最后拿伯夷来与橘树媲美,这个比喻便不恰当了。伯夷是一个"对自己国家的人民不负责、开小差逃跑,又反对武王领导的当时的人民解放战争"的人,并没有什么值得称颂的。从这里也说明了屈原思想的局限性。这是他在孤军奋战、看不见人民的力量时所必然流露出来的一种消极情绪的反映。本篇基本上是四言句,综合思想情绪和作品风格看,它应是作者的早期作品。

【解释】

　　〔1〕 后——后土,指地。皇——皇天。嘉——

佳,好。

〔2〕 服——习惯。指习惯楚国水土。

〔3〕 素——白色。荣——花。

〔4〕 曾——重叠。剡(眼 yǎn)——尖利。

〔5〕 抟——读作"团",与"圆"同义。

〔6〕 精色——指果皮色泽鲜艳。内——指内瓤。

〔7〕 任道——担任道义。

〔8〕 纷缊(运 yùn)——茂密。宜修——装扮得好。

〔9〕 姱(夸 kuā)——美好。

〔10〕 廓(括 kuò)——豁达。

〔11〕 苏——读作"疏",远离的意思。

〔12〕 闭心——凡事藏在内心。

〔13〕 秉——操持。

〔14〕 参——并列。

〔15〕 并——一起。谢——衰退。

〔16〕 淑——善。离——通"丽"。

〔17〕 梗——正直。理——文理。

〔18〕 伯夷——殷末人,不食周粟而死。

〔19〕 置——种植。象——榜样、法式。

【译文】

橘啊,你这天地间的佳树,

生下来就适应当地的水土啊。

你的品质坚贞不变，
生长在江南的国度啊。
根深蒂固难以迁移，
那是由于你专一的意志啊。
绿叶衬着白花，
繁茂得惹人欢喜啊。
枝儿层层，刺儿锋利，
圆满的果实啊。
青中闪黄，黄里带青，
色彩多么绚丽啊。
外观精美内心洁净，
类似有道德的君子啊。
长得又茂盛又美观，
婀娜多姿毫无瑕疵啊。

啊，你幼年的志向，
就与众不同啊。
独立特行永不改变，
怎不使人敬重啊？
坚定不移的品质，
你心胸开阔无所私求啊。
你远离世俗独来独往，
敢于横渡而不随波逐流啊。

小心谨慎从不轻率，

自始至终不犯过失啊。

遵守道德毫无私心，

真可与天地相比啊。

愿在万物凋零的季节，

我与你永远结成知己啊。

内善外美而不放荡，

多么正直而富有文理啊。

你的年纪虽然不大，

却可做人们的良师啊。

品行好比古代的伯夷，

种在这里做我为人的榜样啊。

招 魂

朕幼清以廉洁兮[1],身服义而未沫[2]。
主此盛德兮[3],牵于俗而芜秽。
上无所考此盛德兮[4],长离殃而愁苦[5]。
帝告巫阳曰[6]:
"有人在下,我欲辅之[7]。
魂魄离散,汝筮予之[8]。"
巫阳对曰:
"掌梦[9],上帝命其难从。
若必筮予之,恐后之谢[10],不能复用。"

【说明】

《招魂》的作者,古来就有两种说法。有人说是宋玉(王逸《楚辞章句》),有人说是屈原(司马迁《史记·屈原贾生列传》),到现在还不一致。"招魂"本是古代迷信的风俗,本篇大致是为楚王招魂而作。招谁的魂,也多有分歧,有以为屈原招楚怀王的魂,也有以为宋玉招屈原的魂。楚怀王被秦掳去,丧魂失魄,作者借招魂表现了沉痛地热爱楚国的感情。诗中蕴含着较丰富的思想内容,有一定的积极意义。它还保存了不少古代神话传说,艺术上也有特色。

整首诗分三个层次。首先叙述招魂的缘由,其次是招魂内容,(先写君王丧魂异乡的悲苦境遇;后写君王宫室华丽,生活欢娱,诱劝君王魂魄归来。)结尾写作者放逐远行。这里选录了三段。

【解释】

〔1〕 朕(振 zhèn)——我,这里指被招的楚王。以——而。

〔2〕 服——行。沫(末 mò)——终止。

〔3〕 主——守,保持。盛德——美德,指上文说的清廉、行义。

〔4〕 上——指上天。考——考察。

〔5〕 离——同"罹"(同音),遭受。殃——灾难。

〔6〕 帝——天帝。巫阳——神话中的女巫,名阳。

〔7〕 辅——扶助。之——他,指楚王。

〔8〕 筮(世 shì)——用蓍草算卦。予——给予。这句的意思是占卜离散了的魂魄在哪里,并把它招回给楚王的身躯。

〔9〕 掌梦——上天掌管占梦的官。这句的意思是：占卜招魂的事，是天界掌梦官的差使。

〔10〕 后——落后，拖后。之——指魂魄。谢——衰退，凋谢，这里指魂魄消散。这句的意思是：恐怕占卜花费了时间，落在魂魄消散之后。

【译文】

  我从小就清白廉洁啊，
  躬身实行仁义未曾休止。
  保持着这些美德啊，
  可惜因世俗的牵累而受到秽污。
  上天无法考察这些美德啊，
  我便长期受难而忧愁痛苦。
  天帝告诉巫阳说：
  "有一个人在下界，
  我要给予辅助。
  他的魂魄已离散，
  你赶快给他占卜。"
  巫阳回答说：
  "占卦得去找掌梦，
  你的指示我难于服从。
  如果一定要我这样做，
  恐怕再拖延了魂魄就会消散，

找回来也不能再用。"

巫阳焉乃下招曰[1]：

"魂兮归来！去君之恒干[2]，何为四方些[3]？

舍君之乐处[4]，而离彼不祥些[5]？

魂兮归来！东方不可以托些[6]。

长人千仞[7]，惟魂是索些[8]。

十日代出[9]，流金铄石些[10]。

彼皆习之，魂往必释些[11]。

归来归来！不可以托些。

魂兮归来！南方不可以止些。

雕题黑齿[12]，得人肉以祀，以其骨为醢些[13]。

蝮蛇蓁蓁[14]，封狐千里些[15]。

雄虺九首[16]，往来倏忽[17]，吞人以益其心些。

归来归来！不可以久淫些[18]。

魂兮归来！西方之害，流沙千里些[19]。

旋入雷渊[20]，麋散而不可止些[21]。

幸而得脱，其外旷宇些[22]。

赤蚁若象,玄蜂若壶些[23]。

五谷不生,丛菅是食些[24]。

其土烂人[25],求水无所得些。

彷徉无所倚[26],广大无所极些[27]。

归来归来！恐自遗贼些[28]。

魂兮归来！北方不可以止些。

增冰峨峨[29],飞雪千里些。

归来归来！不可以久些。

魂兮归来！君无上天些[30]。

虎豹九关[31],啄害下人些[32]。

一夫九首,拔木九千些[33]。

豺狼从目[34],往来侁侁些[35]。

悬人以娭[36],投之深渊些。

致命于帝,然后得瞑些[37]。

归来归来！往恐危身些。

魂兮归来！君无下此幽都些[38]。

土伯九约[39],其角觺觺些[40]。

敦脄血拇[41],逐人駓駓些[42]。

三目虎首,其身若牛些。

此皆甘人[43]。归来归来！恐自遗灾些。

⋯⋯⋯⋯"

【解释】

〔1〕 焉乃——于是。下招——开始招魂的意思。下,下神,巫婆进入她所扮演的"角色"的意思。

〔2〕 恒干——人体,指灵魂常附着的体干。恒,常。干,躯体。

〔3〕 何为——为何,为什么。些——语尾助词,楚地巫咒中惯用的语气词。

〔4〕 舍——丢弃。君——你,指魂。乐处——安逸的处所。

〔5〕 离——同"罹"(音同),遭遇。

〔6〕 托——寄托,指游荡他方。

〔7〕 仞(认 rèn)——古代计量单位,八尺或七尺为一仞。千仞是形容很高。

〔8〕 惟——同"唯",只。索——搜索,寻找。

〔9〕 代——轮换,更替。

〔10〕 流金——热得把金属熔化成液体而流动。铄(朔 shuò)石——把岩石熔化。

〔11〕 释——消散,即糜烂。

〔12〕 雕题——额头上雕刻花纹。题,额。

〔13〕 醢(海 hǎi)——肉酱。这两句说:杀人祭鬼(是一种野蛮的风俗)。

〔14〕 蝮（付 fù）蛇——有黑色斑纹的大毒蛇。蓁（真 zhēn）蓁——聚集众多的样子。

〔15〕 封——大。

〔16〕 虺（毁 huǐ）——毒蛇，土色无斑纹。

〔17〕 倏（舒 shū）忽——迅速。

〔18〕 久淫——久留。

〔19〕 流沙——因大风吹动而沙土流动，我国西北沙漠地区常有的现象，故也指西北沙漠地区。

〔20〕 旋——旋转。雷渊——神话中的水名。

〔21〕 靡（迷 mí）散——粉碎。

〔22〕 旷宇——空旷而又荒凉的天地。

〔23〕 壶——通"瓠"，葫芦。

〔24〕 菅（坚 jiān）——茅草。

〔25〕 烂——使人糜烂。

〔26〕 彷徉（旁羊 páng yáng）——和彷徨同义，往来行走。倚——这里是安居落脚的意思。

〔27〕 极——尽头，终了。

〔28〕 遗——给予。贼——灾害。

〔29〕 增——音义同"层"。峨（鹅 é）峨——高耸的样子。

〔30〕 无——同"毋"，不要。

〔31〕 九关——九重天门。关，闭门的横木，这里指门。这句说：九重天门由虎豹把守。

〔32〕 啄——咬,吃。下人——世人。

〔33〕 九千——形容极多。

〔34〕 从(纵)目——竖着眼睛,表示凶恶。

〔35〕 侁(身 shēn)侁——众多的样子。

〔36〕 娭(西 xī)——同"嬉",玩耍的意思。

〔37〕 瞑——闭目。

〔38〕 无——同"毋",不要。幽都——地下的都邑。

〔39〕 土伯——地下魔王。约——读作"朒(腰 yāo)",是肚下的肉。

〔40〕 觺(宜 yí)觺——角尖锐的样子。

〔41〕 敦——厚,隆起。脄(梅 méi)——背肉。拇(母 mǔ)——拇指。

〔42〕 駓(坯 pēi)駓——兽类走路发出的响声。

〔43〕 甘人——以人肉为美味。

【译文】

　　巫阳下降招魂说:

　　魂魄啊回来吧!

　　为什么离开自己的身体,

　　去流浪四方呀?

　　为什么丢开自己的乐土,

　　去遭受那样的不祥?

魂魄啊回来吧！

东方不可以托身：

那里有七八千尺的长人，

专门捕捉人的灵魂。

那里有十个太阳轮流出来，

晒得金属熔化硬石也变形。

在那边的人都习惯了，

你去到那里一定消散得无踪无影。

还是快回来吧！

那儿决不能托身。

魂魄啊回来吧！

南方不能够停留：

那边人额上刻花，牙齿染黑，

拿了人肉来祭神，

把人骨剁成碎泥。

那里毒蛇满地爬，

大狐遍千里。

雄蛇九个头，

忽来忽往，

吞食人肉来滋补自己的心肌。

还是快回来吧！

不要久停在此地。

魂魄啊回来吧！

西方真危险：
流沙横直千里远。
如被卷入雷渊中，
粉身碎骨难保全。
即使侥幸脱了险，
四周荒凉走不到边。
红蚁长得大如象，
黑蜂更似葫芦一般。
地上五谷不生长，
只好采摘茅草来当饭。
那里的泥土会使人肉烂，
渴了又无处找水泉。
走来走去没地方安居，
四周辽阔不见边。
还是快回来吧！
怕的是自招灾难。
魂魄啊回来吧！
北方也不能留宿：
那里层冰堆积如山，
狂雪千里飞舞。
还是快回来吧！
千万不能在那里久住。
魂魄啊回来吧！

劝你不要跑上天：

虎豹把守着九重天门关，

咬得人们有去无还。

一个大汉九个头，

一天能拔树九千。

瞪起豺狼般的双眼，

来来往往没个完。

把人吊起当游戏，

玩罢丢入万丈深渊。

直到报告了天帝，

才能够闭起双眼。

还是快回来吧！

上天去恐怕生命有危险。

魂魄啊回来吧！

不要下入地府：

地下魔王肚下有九块乳肉，

他的尖角更难于接触。

背肉鼓起，爪子血淋淋，

响声沙沙追捕人。

老虎般的头上三只眼，

加上一副牛样大的身。

这些妖怪都是要吃人，

劝你赶快回来吧！

不要给自己惹下大祸根。

…………

乱曰[1]：

献岁发春兮汩吾南征[2]，菉苹齐叶兮白芷生[3]。

路贯庐江兮左长薄[4]，倚沼畦瀛兮遥望博[5]。

青骊结驷兮齐千乘[6]，悬火延起兮玄颜蒸[7]。

步及骤处兮诱骋先[8]，抑骛若通兮引车右还[9]。

与王趋梦兮课后先[10]，君王亲发兮惮青兕[11]。

朱明承夜兮时不可淹[12]，皋兰被径兮斯路渐[13]。

湛湛江水兮上有枫[14]，目极千里兮伤春心[15]。

魂兮归来哀江南！

【解释】

〔1〕 乱——乐曲的尾声。

〔2〕 献岁——进入新的一年。献,进。汨(古gǔ)——原是形容水流,这里形容快走的样子。征——出行。

〔3〕 菉苹——绿水草。菉,"绿"的借字。苹,浮萍,水草。白芷——一种香草。

〔4〕 贯——通过。庐江——水名。长薄——深密的林丛。

〔5〕 倚——读作"畸(机 jī)",零散的田地。沼——小水池。畦(西 xī)——成块的田地。瀛(营 yíng)——大水泽。博——广阔。

〔6〕 骊(离 lí)——黑色的马。驷(四 sì)——四匹马驾的车。乘——车辆。

〔7〕 悬火——打猎时烧林驱兽用的火把。玄——黑色。颜——疑作"烟"。蒸——上升,冒起。

〔8〕 步——慢走。骤(宙 zhòu)——马快跑。处——停住。骋(逞 chěng)——奔跑。这句写前导的人引导打猎的情形。

〔9〕 抑骛(悟 wù)若通——进退自如。抑,刹住。骛,快走。

〔10〕 趋——急走。梦——云梦泽的简称,楚国境内的大湖。课——考察。

181

〔11〕 惮(但 dàn)——"殚(丹 dǎn)"的借字,死的意思。兕(四 sì)——野牛,有单角。

〔12〕 朱明——太阳,因为太阳初升时是红色的。淹——留。

〔13〕 皋(羔 gāo)兰——水边的野兰。被——掩盖。斯——这个。渐——淹没。

〔14〕 湛(站 zhàn)湛——江水清澈的样子。

〔15〕 目极——极目,远望。

【译文】

[尾声]进入新春啊匆匆向南行,
绿色的萍叶齐整啊白芷沿路生。
右边横通庐江啊左边草木密密丛丛,
分散和成片的水田啊看不到边境。
青黑马同驾车啊一起有千乘,
四处燃起猎火啊黑烟冲入云层。
忽快忽慢忽停顿啊引人向前奔,
进退自如啊忽然又转入右边的路程。
和君王同到云梦啊看谁跑得更高明,
君王亲自发箭啊青色野牛毙命。
黑夜刚去黎明到啊时间不许稍停,
水边兰草遮路啊来路看不清。
蓝蓝的江水啊枫树布岸顶,

放眼千里外啊那令人伤心的春景。
魂魄归来啊为哀怨的江南留下深情!

宋 玉

九　辩

悲哉秋之为气也！萧瑟兮草木摇落而变衰[1]。

憭慄兮若在远行[2]，登山临水兮送将归[3]。

泬寥兮天高而气清[4]，寂寥兮收潦而水清[5]。

憯凄增欷兮薄寒之中人[6]，怆怳懭悢兮去故而就新[7]。

坎廪兮贫士失职而志不平[8]，廓落兮羁旅而无友生[9]，惆怅兮而私自怜[10]。

燕翩翩其辞归兮[11]，蝉寂漠而无声。

雁雍雍而南游兮[12]，鹍鸡啁哳而悲鸣[13]。

独申旦而不寐兮[14]，哀蟋蟀之宵征[15]。

时亹亹而过中兮[16]，蹇淹留而无成[17]。

【说明】

《九辩》是宋玉所写的长篇抒情诗。"九辩"本是古代的一种民间乐调，反复回唱多遍。诗人运用这种乐调形式来抒怀。诗中主要是作者抒发个人在政治上受到权贵的排挤而郁郁不得志和生活上的穷困潦倒，以及他为人比较正直，不肯与世俗同流合污的思想感情。这首诗的写法受到《离骚》的很大影响。诗在描写景物和运用语言文字上有自己的特色。这里选录了其中四段。

【解释】

〔1〕 萧瑟——秋风吹落叶的声音。

〔2〕 憭慄（疗利 liáo lì）——悲凉。

〔3〕 临——面向。

〔4〕 泬寥（谑疗 xuè liáo）——空旷的样子。

〔5〕 寂寥——平静的样子。收潦（老 lǎo）——积水退去。

〔6〕 憯（惨 cǎn）凄——悲痛的样子。欿（西

xī)——叹息。中(众 zhòng)——侵袭的意思。

〔7〕 怆怳(创谎 chuàng huǎng)——悲伤的样子。忼恨(旷朗 kuàng lǎng)——不得志的样子。

〔8〕 坎廪(砍凛 kǎn lǐn)——挫折。

〔9〕 廓(括 kuò)落——空虚孤独。羁(几 jī)旅——滞留他乡。友生——古代对知心朋友的称呼。

〔10〕 惆怅(愁唱 chóu chàng)——失意孤独貌。

〔11〕 翩翩——飞得轻快的样子。

〔12〕 雍雍——和谐的声音,这里指雁鸣声。

〔13〕 鹍(昆 kūn)鸡——鸟名,似鹤。啁哳(招渣 zhāo zhā)——杂乱而细碎的声音。

〔14〕 申——到。旦——天亮。

〔15〕 宵征——夜间跳动。这里指蟋蟀夜鸣,因为蟋蟀跳动时两翼摩擦发声。

〔16〕 亹(伟 wěi)亹——行进的样子。

〔17〕 蹇(简 jiǎn)——发语词。淹留——久留。

【译文】

秋天的气候啊真令人悲伤!

一片萧瑟声啊草木凋零。

心情凄凉啊好像在他乡作客远行,

又似送人回家啊在河边山顶。

长空无际啊天又高来气又清,

186

溪流平静啊积水消退又碧波粼粼。
悲痛哀叹啊轻微的寒意袭人，
伤心不得志啊离开旧友接近生人。
遭逢逆境啊穷士丢官,内心愤愤不平，
空虚孤独啊寄居异地而没有知音，
痛苦怅惘啊只能自我怜悯。
燕子轻快地飞回去啊，
知了沉默不作声。
大雁边叫边向南飞啊，
鹍鸡嘈杂地哀鸣。
到天亮我仍未入睡啊，
因蟋蟀夜鸣而伤情。
时光忽忽过中年啊，
久留在外而一事无成。

悲忧穷戚兮独处廓[1]，有美一人兮心不绎[2]。

去乡离家兮来远客，超逍遥兮今焉薄[3]？

专思君兮不可化，君不知兮可奈何？

蓄怨兮积思，心烦憺兮忘食事[4]。

愿一见兮道余意，君之心兮与余异。

车既驾兮朅而归[5]，不得见兮心伤悲。

187

倚结轸兮长太息[6]，涕潺湲兮下沾轼[7]。

慷慨绝兮不得[8]，中瞀乱兮迷惑[9]。

私自怜兮何极[10]？心怦怦兮谅直[11]。

【解释】

〔1〕 戚——困迫。廓——空虚。

〔2〕 有美一人——即有一美人。美人，有美德的人，指作者自己。绎（意 yì）——借作"怿"，愉快的意思。

〔3〕 超——遥远。焉——哪里。薄——近，到，止。

〔4〕 憺（淡 dàn）——忧愁。

〔5〕 朅（怯 qiè）——去。

〔6〕 结轸（零 líng）——就是车箱。古代车箱里前、左、右三面用木头一横一竖结成的方格。太息——叹气。

〔7〕 涕——眼泪。潺湲（蝉元 chán yuán）——流泪不止的样子。轼（式 shì）——车前横木。

〔8〕 慷慨——愤激不平。

〔9〕 中——心里。瞀（帽 mào）——昏迷。

〔10〕 极——终止。

〔11〕 怦（烹 pēng）怦——心里激动的样子。谅——忠诚。

【译文】

　　穷困忧伤啊孤宿独栖，

　　有美德的人啊心中不愉。

　　背乡离井啊到远方作客，

　　无边地飘泊啊去到哪里？

　　思念君王啊永不变，

　　君王不理解啊怎样办呢？

　　满怀怨恨啊心事重重，

　　无穷思虑啊连饮食做事都忘记。

　　希望见一面啊表达我的心意，

　　但君王的心啊和我相异。

　　车已驾好啊却又折回去，

　　见不到君王啊心情惨凄。

　　靠在车箱上啊长声叹气，

　　哗哗的眼泪啊往车板上直滴。

　　下狠心和他断绝吧又舍不得，

　　内心烦乱啊神志昏迷。

　　私自怜惜啊哪有尽头？

　　心里猛跳啊我对他一片忠诚正直。

　　何时俗之工巧兮，背绳墨而改错[1]！

　　却骐骥而不乘兮[2]，策驽骀而取路[3]。

当世岂无骐骥兮？诚莫之能善御。

见执辔者非其人兮[4]，故駶跳而远去[5]。

凫雁皆唼夫梁藻兮[6]，凤愈飘翔而高举。

圜凿而方枘兮[7]，吾固知其鉏铻而难入[8]。

众鸟皆有所登栖兮，凤独遑遑而无所集[9]。

愿衔枚而无言兮[10]，尝被君之渥洽[11]。

太公九十乃显荣兮[12]，诚未遇其匹合[13]。

谓骐骥兮安归[14]？谓凤皇兮安栖？

变古易俗兮世衰，今之相者兮举肥[15]。

骐骥伏匿而不见兮[16]，凤皇高飞而不下。

鸟兽犹知怀德兮[17]，何云贤士之不处[18]？

骥不骤进而求服兮[19]，凤亦不贪喂而妄食[20]。

君弃远而不察兮，虽愿忠其焉得？

欲寂漠而绝端兮[21]，窃不敢忘初之

厚德。

独悲愁其伤人兮,冯郁郁其何极[22]!

【解释】

〔1〕 绳墨——比喻法度。错——同"措",措施。

〔2〕 却——拒绝。骐骥——良马,比喻贤士。

〔3〕 策——古代的一种马鞭,这里作动词,即鞭马前进。驽骀(奴台 nú tái)——劣马,比喻小人。

〔4〕 辔(配 pèi)——马缰绳。

〔5〕 跼(局 jú)——跳。

〔6〕 凫(扶 fú)——野鸭。唼(霎 shà)——鸟吃东西的声音。粱——小米。藻——水草。这句比喻小人在朝廷里封爵食禄。

〔7〕 圜——圆。凿——木孔。枘(锐 ruì)——木楔。这句说:方楔子装在圆孔里(彼此不合)。

〔8〕 固——原本,本来。龃龉(举雨 jǔ yǔ)——两件东西不相当,不协调。如锯齿的相拒。

〔9〕 遑遑——心神不定的样子。集——鸟停在树上。

〔10〕 衔枚——枚是木棒,像筷子,古时行军时士兵衔在口中以防喧哗。这里是形容无言的样子。

〔11〕 被——承受。渥——深厚。洽——恩泽。

191

〔12〕 太公——即吕尚,周朝开国的贤人。传说他年青时在朝歌做过屠夫,年老时在渭水边垂钓,被文王看中,从此受到重用。乃——才。

〔13〕 匹合——相配合(的人)。

〔14〕 安——哪里。

〔15〕 相——考察。举——选拔任用。这句的意思是:马的优劣不在于外貌的肥瘦,单凭丰腴而挑选出来的马未必是良马。

〔16〕 匿(逆 nì)——隐藏。见——通"现"。

〔17〕 怀——思念。

〔18〕 处——居住,这里指留在朝内。

〔19〕 骤(宙 zhòu)——急忙。服——用。

〔20〕 贪喂——贪吃东西。妄食——不该吃而乱吃。

〔21〕 端——思绪。

〔22〕 冯——读作"凭",是愤怒的意思。郁郁——愁闷的样子。极——终了。

【译文】

这世道多么善于取巧啊,
违背法度,改变措施。
抛开良马而不骑啊,
赶着劣马跑来奔去。
难道世上没有千里马吗?

实在是因为没有人善于驾驭。
它看见驾车拉辔的人没本事啊,
所以跳跳蹦蹦地远远躲避。
连野鸟都争来吃米吃草啊,
凤凰自然高飞远去。
圆孔里硬要装方楔子啊,
我本来知道它难往里挤。
所有的鸟都有地方作窠啊,
唯独凤凰心神不定而无处安居。
情愿缄口不再说话啊,
可是过去曾受君王的优厚待遇。
姜太公九十岁方才荣耀啊,
就因为先前没碰到贤君的时机。
叫好马啊投奔哪里?
叫凤凰啊何处安居?
世道衰落啊古俗改变,
现在选马的人啊只挑那皮肉丰腴的。
良马隐藏起来不出现啊,
凤凰也高飞不肯下到平地。
鸟兽还懂得人的恩德啊,
怎么能说贤人不愿与明君相处一起?
千里马不肯急于求人使用啊,
凤凰也不贪食而乱吃一气。

君王不明是非地将我抛弃啊,

我虽愿尽忠又怎能由己?

想默默地同他决裂啊,

可又忘不了他当初对我的深情厚意。

独自哀愁不免伤身啊,

愤懑郁结哪有终止!

霜露惨凄而交下兮,心尚幸其弗济[1]。

霰雪雰糅其增加兮[2],乃知遭命之将至。

愿侥幸而有待兮[3],泊莽莽与野草同死[4]。

愿自直而径往兮[5],路壅绝而不通[6]。

欲循道而平驱兮[7],又未知其所从。

然中路而迷惑兮,自压按而学诵[8]。

性愚陋以褊浅兮[9],信未达乎从容。

窃美申包胥之气盛兮[10],恐时世之不固[11]。

何时俗之工巧兮,灭规矩而改凿[12]。

独耿介而不随兮[13],愿慕先圣之遗教。

处浊世而显荣兮,非余心之所乐。

与其无义而有名兮,宁穷处而守高[14]。

食不媮而为饱兮[15],衣不苟而为温。

窃慕诗人之遗风兮[16],愿托志乎素餐[17]。

蹇充倔而无端兮[18],泊莽莽而无垠[19]。

无衣裘以御冬兮,恐溘死不得见乎阳春[20]。

【解释】

〔1〕 幸——希望。济——成功。

〔2〕 霰——雪珠。雰(分 fēn)——雪多的样子。糅(柔 róu)——混杂。这句的霰雪和上句的霜露都是借比邪恶与祸乱。

〔3〕 侥幸——偶然的幸运。

〔4〕 泊——留止。莽莽——野草茂盛的样子。

〔5〕 自直——自己(对楚王)申诉委曲。径往——直接前去。

〔6〕 壅(雍 yōng)——堵塞。

〔7〕 循——沿着。平驱——大步前进。

〔8〕 学诵——学诗。诗,指《诗经》的《伐檀》篇。下文引用了"不素餐兮"一句的诗意。

〔9〕 褊(扁 biǎn)——狭隘。

〔10〕 窃——我。美——赞美。申包胥——春秋时

楚国贤臣,吴国攻打楚国,他到秦国求救兵,挽救了祖国的危难。

〔11〕 固——应当作"同",因形似而误。

〔12〕 改凿——改动穿孔。凿,在器物上穿孔。穿孔应该适合需要,改凿就是自行其是的意思。

〔13〕 耿介——光明正大。随——这里是顺从世俗的意思。

〔14〕 穷——困苦。

〔15〕 媮——读作"偷",是苟且的意思。

〔16〕 诗人——指《诗经·伐檀》的作者。

〔17〕 素餐——当是"不素餐"的省文。《诗经·魏风·伐檀》:"彼君子兮,不素餐兮。"不素餐,不白吃饭。

〔18〕 蹇——发语词。充倔——指自满而失节。

〔19〕 垠(银 yín)——边际。

〔20〕 溘(客 kè)——忽然。阳春——春三月,这里是艳阳春天的意思。

【译文】

霜露凄凉地交相来到啊,
心里还希望它成不了气候。
再加上纷纷的雪珠啊,
才知道厄运不能免除。
还指望可以等待一下吧,

结果不免堕入荒原和野草同腐。

打算直接去申诉一下吧，

可惜道路已经堵住。

要顺着大路前进啊，

又不知从哪里举步。

事到中途拿不定主意啊，

压制着激情去读《诗》。

我本性呆笨胸襟狭窄啊，

的确还做不到安详闲适。

我赞美申包胥的勇气啊，

又恐怕目前的情况与过去不相似。

这世道多么善于取巧啊，

抛弃了规矩而任意措置。

只有我心地正直不去随声附和啊，

愿继承古圣贤留给我们的遗嘱。

处在乱世而飞黄腾达啊，

我内心并不以为是乐事。

与其无道义而有虚名啊，

宁愿保持高洁而与穷困相处。

不去苟且求食饱啊，

也不苟且求衣饰。

我敬重《诗经》作者的好传统啊，

用不白吃饭来寄托自己的心志。

小人们凭空自满而失节啊,
我独在旷野飘泊踟蹰。
我没有冬衣来御寒啊,
恐怕突然死去活不到来年春初。